MISTER ORANGE

ミスター オレンジ

トゥルース・マティ 作　野坂悦子 訳
平澤朋子 絵

朔北社

ミスターオレンジ

Nederlands letterenfonds
dutch foundation for literature

この日本語版は、オランダ文学財団の助成金を受けて、
出版されました。

一九四五年三月、ニューヨーク

ライナスはかけていく。水たまりをとびこえ、歩道のふちでバランスをとり、通行人のあいだをジグザグにぬけ、人がくれば体をかわして。決して立ちどまらず、肩《かた》から羽根が生えたよう、スピードをだせばだすほど体が軽くなっていく。この靴《くつ》のおかげだ、とライナスは思う。足にぴったりの靴《くつ》。大きすぎず、小さすぎず、今日の靴《くつ》はライナスのために作られたようだ。

パーク街は人通りが多く、「おい、気をつけて歩けよ！」と、だれかが後ろからさけぶ。でも、その声も軽やかで、本気で腹《はら》を立ててはいない。今日みたいな日に、腹《はら》を立てる人などいるだろうか？　やっと春の日ざしになったのだ。その日ざしを背中《せなか》にうけて、北に向かうライナスの目に、人びとの顔はみなかがやいて見える。何日も降《ふ》りつづいた雨が残っているのは、道の水たまりだけだ。その水たまりもまぶしく反射《はんしゃ》している。ライナスはとつぜん、イースト川に行きたくなった。行って、川面《かわも》にきらめく光を見たくなった。

右に曲がる。横丁の高い建物のあいだでは、日の光が少しさえぎられることもある。ライナスはさらに走ってレキシントン街を越《こ》え、三番街に入り、二番街を通りすぎたところで、深呼《しんこ》吸《きゅう》するために足をとめる。歩道のまんなかに立ち、両手でひざをおさえてハアハアと息をきらしていると、だれかがぶつかっていき、男の子の声が響《ひび》いた。なにをさけんでいるのか、よくわからない。その子の顔を確《たし》かめようと立ちあがったライナスは、店先のショーウィンドウに注意をひきつけられた。近づいてみると、中の飾《かざ》り棚《だな》には大きな絵が何枚《なんまい》かかけてあり、すみにはポスターが一枚《まい》。展覧会《てんらんかい》の案内文が太い字で書いてある。けれどもライナスの目は、ポスターの横の写真にくぎづけになった。黒っぽい眼鏡《めがね》の奥《おく》から、なつかしい顔が、まったく当然のようにライナスを見つめていたのだ。くちびるのはしにかすかな笑みを浮《う》かべて。ライナスは思わず笑いかえした。ドアのむこうからその人が顔をのぞかせ、自分を見ていたのが、きのうのことのように思いだされた。

ライナス！　中へお入り……。

ポスターに書かれている住所は、西五十三番街十一番地。

イースト川は、あとまわしにしよう。ライナスは方向を変える。パーク街まで道をもどり、それから南へ向かうのだ。足にぴったりの靴《くつ》をはき、顔に春の日ざしをうけて、ライナスは走っていく。

一九四三年九月、ニューヨーク

1

アプケが戦争に行くことになり、兄弟みんなが新しい靴《くつ》を手に入れた。「新しい」といっても、おろしたての、まだかたくて革《かわ》のにおいがするアプケの軍隊の靴《くつ》のように、ピカピカの新品というわけではない。ライナスの家の習慣《しゅうかん》になっているやり方で、「新しい」のだ。つまり、古い靴《くつ》が順ぐりに、次のだれかの靴《くつ》になるという意味だった。

ライナスにとっては、ぎりぎりのタイミングだった。いままでの靴《くつ》は、ひと足歩くたびに指がずきずきと痛《いた》んだので、ライナスは足の外側に体重をかけて歩く癖《くせ》がついていた。めだたないようにしていたつもりだったけれど、ことあるごとに、ロージー・ドネリーに大声でからかわれた。

「あら、ライナス・ミュラー、つまさきをぶつけたの？　それともトイレに行きたいの？」

「いわせておけばいいさ」

ライナスの顔が赤くなるのを見て、リアムがいった。気軽にそういえるのは、リアムが口の悪い姉さんのロージーと、いっしょに育ったせいだ。ロージーに少しぐらいからかわれても、リアムはぜんぜん平気だった。


「遅《おそ》かったわね、ライナス。もどったの？」

ライナスが店のドアを開くと、二階から母さんの声が響《ひび》いた。今日は土曜の午後で、店は大《おお》忙《いそが》しだ。父さんはカウンターの奥《おく》にいて、お客のためにトマトの重さを量っていた。

（さあ急いで）父さんがライナスに目くばせした。お店の中での会話は、動作やまなざししか使わない。（ずいぶん待たせたから、母さんのきげんが悪いのはわかってるな）

きっとしばらくまえから、客が店に入ってくるたびに、「ライナス、もどったの？」と、母さんはさけんでいたのだろう。

（うんうん、すぐ行くよ）ライナスは返事の代わりに手をあげて、店を通りぬけた。裏《うら》の倉庫では、兄さんのシモンが箱を積みあげている。ライナスは、重い買いもの袋《ぶくろ》をもって上にあがっていった。男の子の靴《くつ》が四足、小さいのから大きいのまで、階段《かいだん》に一足ずつならんでいる。でも、まんなかの段《だん》だけが空いていた。

「いったい、どこでぐずぐずしてたの？」

母さんが麻袋《あさぶくろ》を手に、台所から出てきた。

「買いもののあとは、まっすぐ帰ってきなさいっていったでしょ。アプケも、それに靴屋《くつや》さんも待たせちゃったわ。こんな遅《おそ》くに靴《くつ》をだしたら、夕方までに、全部修理《しゅうり》できないでしょう？」

「どこもかしこも、人でいっぱいだったんだ」

ライナスは、自分の靴《くつ》をけってぬぎ、母さんに手渡《てわた》した。それから足の指を軽くもんで、感覚がもどるまで曲げたりのばしたりした。

「シモンは、とっくに帰ってきたのよ、あなたより学校は遠いのに」

さいわい、母さんは靴《くつ》をチェックするのに忙《いそが》しくて、話はそこでおしまいになった。

ライナスは帰る途中《とちゅう》でリアムの家に寄《よ》り、軍隊パレードの準備《じゅんび》がどうなっているか見ようと、いっしょに五番街まで歩いていったのだ。横丁はすべて立ち入り禁止《きんし》になっていたが、兵隊があらわれるまで、まだずいぶんかかりそうだった。

買いもの袋《ぶくろ》を足のあいだにはさみ、ライナスもリアムとならんで、柵《さく》にもたれかかった。車が通らないと、大通りはいつもよりずっと広く見える。ライナスは、この大通りを何千人もの兵隊が行進していくところを想像《そうぞう》した。ワシントン・スクエア公園まで、はてしなく長い列を作っていくところを。兵隊たちは今夜、巨大《きょだい》な船に乗って、ヒトラーと戦うためにヨーロッパへ旅立つのだ。それで出発前の今日の午後、ニューヨーク中の人たちから大声援《だいせいえん》をうけることになっていた。ニューヨーク中の人たち、といってもライナスはそこにはいない。一足しかない靴《くつ》を修理《しゅうり》にだしてしまうから、家にいるほかないのだ。

ライナスは、週のあいだずっと、修理《しゅうり》は一週間あとにしてもらえないかと文句《もんく》をいいつづけた。でも、母さんの決心は変わらなかった。「パレードなんて、このあと何回もあるでしょう」といって。母さんは戦争が好きじゃない。「日曜日に駅までアプケを見送りに行くなら、みんなちゃんとしたかっこうをしないといけないわ」

母さんは靴《くつ》のチェックを終えて、最後の一足を麻袋《あさぶくろ》に入れた。その袋《ふくろ》を持ちあげて、こういった。

「アプケ、靴底《くつぞこ》とかかとをつけてもらってきて。縫《ぬ》い目《め》の確認《かくにん》と、新しい靴《くつ》ひももも頼《たの》んでちょうだい」

「おれの名前は、アルバートだよ」と、アプケがいいなおした。もう十八歳《さい》だし、軍隊にも入るのだから、呼《よ》び名《な》ではなく正式な名前で呼《よ》んでもらいたいと、アプケは思っていた。でも、そんなこと、だれも覚えていなかった。

「七十五番街の、オリアリーさんの店よ。うちの靴《くつ》を待ってるから、急いでね」

なにもいわずに、アプケは母さんから麻袋《あさぶくろ》を受けとった。数日前から軍服を着ていて、こんなお使いは兵隊の仕事じゃない、と思っているのが見てとれた。けれども、どうしようもない。兄弟のうちで、靴《くつ》をはいているのはアプケしかいないのだ。ライナスは、うらやましそうにアプケを見送った。町中が英雄《えいゆう》でいっぱいなのに、ライナスは靴下《くつした》だけの情《なさ》けない姿《すがた》で、留守番《るすばん》するほかなかった。


店の奥《おく》にある倉庫の床《ゆか》は、たとえ靴下《くつした》を三枚《まい》重ねてはいても、ひんやりしている。ライナスは、これから一週間かけて売るニンジンのどろをこすって、きれいにした。そして店の呼《よ》び鈴《りん》がなるたび、一歩後ろに下がって、だれが中に入ってきたのか確《たし》かめた。アプケがはやく帰ってきたら、パレードの終わりのほうを見物できるかもしれないと思っていたのだ。

けれども四時半に、「いっしょにいけるか」と、リアムがききにきたとき、アプケの姿《すがた》はまだ影《かげ》も形も見えなかった。リアムはその日の午後、ウェルザースの店に入っていくアプケを見かけたという。雑誌《ざっし》や煙草《たばこ》用品を売る店だが、近所のうわさ話や戦争の動きをきこうと、みんなが集まる場所だった。アプケはもちろん軍服を見せびらかしにいったのだ。

兄さんが靴《くつ》のことを忘《わす》れなければいいんだけど、とライナスは心配しながら、リアムがほおを赤くして語るパレードの話に耳をかたむけた。「本物の銃《じゅう》をかまえて、鳥肌《とりはだ》が立つぐらいきっちり行進していくんだぜ」とか、「すぐそばに立ってたから、太鼓《たいこ》をたたくたび、胸《むね》もドンドンとふるえたんだ」とか……。

話し終えると、リアムはそわそわしはじめた。パレード見物にとんでもどりたいのだろう。

その気持ちは、ライナスにもよくわかった。

「兄ちゃんはまだ帰ってこないのか？　もうすぐ暗くなるし……」

リアムは、何度もそうたずねた。

リアムがまた行ってしまってから、ずいぶん経《た》ったあと、アプケがやっと帰ってきた。

ライナスは、母さんにたずねた。

「ちょっとだけ外へ行ってもいい？　リアムと約束したんだ。五番街まで行って、少し見たらすぐ帰ってくるよ」

「兄さんが家にいるのは、今晩《こんばん》が最後なのよ」と、母さんは答え、妹のシスをベビーチェアから抱《だ》きあげた。「だから、全員ここにいてちょうだい。アプケもよ」

そういうと、アプケのほうをふりむいた。アプケはすでに階段《かいだん》の上に立っていて、こっそり外へ出ようとしていた。町中に、自分の軍服を見せびらかしたいのかもしれない。

「おれはアルバートだ」と、アプケは答えた。

母さんは黙《だま》ったまま、抱《だ》いていたシスをアプケに渡《わた》し、麻袋《あさぶくろ》の中の靴《くつ》を取りだした。

明日、アプケは軍隊に入る。けれども、今日はまだ、母さんが一番えらい。ピカピカの軍隊の靴《くつ》や、真新しい軍服を身につけていたって、そのことに変わりはなかった。

2

新しい靴《くつ》は、にかわと靴《くつ》みがきクリームのにおいがした。ライナスは靴《くつ》の先に新聞紙をつめこみ、靴《くつ》ひもをできるだけきつくしめた。なのに一歩すすむたびに、自分の足が少しぷかぷかしているように感じる。しかも、シモンのそりかえった指が毎日押《お》しあげていたせいで、靴《くつ》の先も上にそりかえっていた。ライナスは、それがもとどおりになるように、つまさきに力をこめて歩く必要があった。

「ライナスを見て！　耳だけじゃなくて、靴《くつ》までそりかえってるわ」そんなロージーのからかい声が、いまにも聞こえてきそうだ。

その日は九月の最後の日曜日で、道は大勢《おおぜい》の人で混《こ》みあっていた。ライナスの一家は、体の大きな順に、一列にならんで歩いていく。大事な行事があるときは、いつもそうやって歩くのだ。父さんが先頭で、すぐ次が旅行袋《りょこうぶくろ》を肩《かた》にかけたアプケだ。真新しい軍帽《ぐんぼう》をかぶったアプケは、父さんよりほんのちょっと背《せ》が高かった。

ライナスのものだった靴《くつ》は、いまではすぐ後ろを歩くマックスの靴《くつ》になっている。マックスは午前中ずっと、「これじゃ大きすぎるよ。ぼくのまえの靴《くつ》を返して」と、大騒《おおさわ》ぎしていたけれど、マックスの靴《くつ》はもう弟のウィルケがはいているから、どうしようもなかった。

グランド・セントラル駅までは長い道のりで、子どもたちには、父さんがどんどん足をはやめているように思えた。マックスは、自分の足につっかかってころびかけるたび、前を歩くライナスの体をつかんだ。

「バーティ、歩くのがはやすぎて、おちびちゃんにはついていけないわ!」

母さんは一番後ろから、先頭の父さんに向かってさけんだ。母さんはシスを腕《うで》に抱《だ》き、ウィルケを押《お》しながら歩かせていたが、ウィルケとマックスの距離《きょり》はひらくばかりだ。ウィルケが泣きだすと、父さんはようやく足をとめ、肩車《かたぐるま》をしてやった。ウィルケを肩《かた》にのせた父さんは、ほかのだれよりまた大きくなった。

アプケは、このまま船でヨーロッパに渡《わた》るわけではなかった。まず戦争経験《けいけん》のないほかの兵隊たちと、訓練キャンプへ行くのだ。ライナスにしてみれば、アプケがパレードには加わらず、ふつうに列車に乗って出発するのが、くやしくてたまらなかった。

でもグランド・セントラル駅の巨大《きょだい》なホールに入ると、ライナスは大聖堂《だいせいどう》に入ったときのような、あらたまった気持ちになった。頭のずっと上にある窓《まど》から、ななめの窓枠《まどわく》を通して、日の光がさしこんでいる。いろんな人の声や足音がまわりで響《ひび》きあい、遠くからは音楽の一節がきれぎれに聞こえてくる。ライナスの家族は人ごみにまじって、体を寄《よ》せあいながら、壮大《そうだい》なホールを通りすぎていった。

プラットホームは、軍服の緑色でうまっていた。ざわざわしていて、だれもがさけんだり、笑ったりしている。ホームのはしでは、軍の音楽隊が行進曲を演奏《えんそう》していた。

父さんのかけ声で家族全員がもう一度整列したけれど、一列にならんでみると、どうしたらいいのか、なにをいったらいいのか、まったくわからなかった。きのうの夜の壮行会《そうこうかい》には、近所の人がそろってやってきた。みんながそれはたくさん無事を祈《いの》る言葉をかけたので、もう交わす言葉がなにひとつ残っていなかったのだ。

「さてさて」と、父さんはアプケに手をさしだして、こういった。「弾丸《たま》をよけて歩くんだぞ、わかってるな」

それは近所の人が、きのうとばした冗談《じょうだん》のひとつだった。アプケは羊のようにおとなしくうなずき、父さんを抱《だ》きしめると、みんなを素早《すばや》くひとりずつ抱《だ》きしめた。シスを腕《うで》に抱《だ》いたままの母さんは、空いているほうの腕《うで》をアプケの首にまわし、シスはべとべとした小さな手で、アプケの髪《かみ》の毛をつかんだ。アプケがようやく体を離《はな》すと、シスはこんどは空っぽになった手でアプケの軍帽《ぐんぼう》をにぎり、歓声《かんせい》をあげて放りなげた。アプケは人ごみにとびこんで、少し先のほうで顔をだし、笑いながら頭の上でその帽子《ぼうし》をふってみせた。

兵隊たちの流れのなかで、アプケはだんだんに押《お》されてライナスたちからひきはなされ、停車中の列車のほうへ向かい、車中に消えていく。しばらくして、どこかの窓《まど》からもう一度、顔を外にだしたが、なにも話せないうちに車内にひっぱりこまれ、代わりに知らない兵隊の顔があらわれた。

音楽隊の演奏がやんだ。ライナスは、これからだれかが演説《えんぜつ》をするんだろうと思った。たぶん市長とか将軍《しょうぐん》とか、えらい人が。でもそうではなく、列車のとびらが、ガシャンガシャンとひとつずつ閉《し》められただけだった。笛が鳴り、車輪がきしみ、列車はゆっくりと動きはじめた。人びとはさけびあって、列車のすぐ横を走っていく。ライナスは、人ごみにもみくちゃにされそうなウィルケを抱《だ》きあげてやったが、顔をあげたときには、列車はゆれながら遠くへ消えていくところで、アプケの姿《すがた》はもうどこにも見えなかった。

「アルバート」

母さんはためいきをついて、つぶやいた。いなくなったアプケの代わりに、正しい呼《よ》び名《な》を、だれかに教えようとしているみたいだった。列車がトンネルにのみこまれて消えるまで、母さんは立ちつくして見つめていた。

父さんが、コホンコホンと咳《せき》をした。そのあと人さし指で宙《ちゅう》にくるりと小さな丸を描《えが》くと、ライナスたちは全員まわれ右をして、いちに、いちに、と足を高くあげ、まるで小さな軍隊みたいにホームを通りすぎ、巨大《きょだい》なホールをぬけて、出口へ向かった。こんどは体の小さな順だ。先頭はシスを抱《だ》いた母さんで、シスは泣いているのか、鼻歌を歌っているのかよくわからない声をあげていた。ライナスの前を歩くマックスは、つまずくたびにウィルケのかかとを踏《ふ》み、ウィルケはそのたびに、ぷんぷんした顔でふりかえった。「なんだよ!」というウィルケの声が、かかとを踏《ふ》まれるたびに、高くなっていく。

とうとう、父さんがウィルケをもう一度、肩車《かたぐるま》することにした。人の靴《くつ》をはいて歩くのに慣《な》れる必要があるのは、ライナスだけではなかった。


家に帰ると、静まりかえった居間《いま》には、壮行会《そうこうかい》の華《はな》やかな飾《かざ》りがかかったままだった。母さんは上着をぬぐと、みんなにいろいろ指図《さしず》して、むなしい気持ちをうめようとした。シスをマックスに預《あず》けたが、そのマックスはシスだけではなく、ウィルケの世話もしないといけなかった。母さんはシモンに、飾《かざ》りをはずすようにいいつけた。弟のマックスやウィルケが、「はずすのはやめて！」といくらせがんでも、母さんは耳を貸《か》さなかった。

「戦争はお祭りじゃありません」

母さんはそういったかと思うと、ライナスに寝具《しんぐ》をひと山渡《わた》し、背中《せなか》を押《お》してアプケがシモンと使っていた部屋のほうへ行かせた。二段《だん》ベッドと戸棚《とだな》のある小部屋だ。ライナスは、アプケが今朝かたづけていった下の段《だん》のベッドを見つめた。足側のほうには、たたまれた毛布《もうふ》がおかれ、毛布《もうふ》の上には枕《まくら》がのせてある。ライナスは胃にへんな痛《いた》みを感じていて、それがずっと続いていた。アプケのベッドを自分が整えるなんて、なんだかいやな感じだった。アプケがきのうの夜、寝《ね》ていたベッドが、いまでは自分のベッドになるなんて。今日からは、ちびっこの弟たちといっしょの部屋では眠《ねむ》らないのだ。


「ちょっとへこんでるけど、寝心地《ねごこち》はいいぜ」

アプケは今朝、下のベッドをたたいて、ライナスにそういった。

「おれのアクションコミックスを見張《みは》っててくれるかい？」

ライナスが横にすわると、アプケはきいた。

「アクションコミックスは、このベッドの下にしまってある。ちびっこたちがさわらないようにしてくれ。汚《よご》されたり、絵を破《やぶ》いたりされたらいやだからな」

ライナスは、真剣《しんけん》にうなずいた。

「シモンには頼《たの》めないんだ」

アプケは、二段《だん》ベッドの上の段《だん》のほうへ首をふった。ライナスには、アプケのいう意味がすぐにわかった。シモンは、漫画《まんが》なんて子どもっぽいと思っているのだ。アプケはシモンより、三歳《さい》年上だったけれど、ライナスとおなじくらい漫画《まんが》が好きだった。――たぶん、アプケはいろんなことを子どもっぽいと感じないぐらい、大人なんだ。ライナスはそう思っていた。

「そして、毎月、新しい号を買っておいてくれ」

ライナスは目を丸くして、アプケが二ドル札を取りだすところを見つめた。

「忘《わす》れちゃだめだぞ」

「もちろん、忘《わす》れないよ！」

ライナスは、その二ドル札をズボンのポケットにしまいこんだ。これからは、代わりに、ぼくがアクションコミックスを集めるんだと思うと、誇《ほこ》らしい気持ちだった。アプケと同じで、ライナスも、スーパーマンの話が最高におもしろいと思っていたのだ。アメリカが戦争に加わってからは、ほとんど毎回、スーパーマンがナチスとの戦いに力を貸《か》す話が載《の》っていた。

ライナスは毛布《もうふ》をかたづけると、新しいベッドに腰《こし》をおろした。そして、体をかたむけて、ベッドのふちから下をのぞきこんだ。そこには、アクションコミックスがふた山、一九三八年の第一号から全号、順番どおりに積んであった。

手前の山の一番上には、アプケが使っていたノートも何冊《なんさつ》かのせてあった。新聞社の郵便室《ゆうびんしつ》には、半分使いかけの古いノートがよくあって、アプケはそれを取っておいてもらったのだ。職場《しょくば》の人たちも、アプケが絵を描《か》くのが好きなのを知っていた。

ライナスは腕《うで》をのばして、一番上のノートをそっと取りだした。白いページは、アプケが考えた漫画《まんが》の主人公の鉛筆画《えんぴつが》でうまっている。名前は〈ミスタースーパー〉だった。「いまは戦争中だから、これで少しはスーパーマンを手伝える」と、アプケは冗談《じょうだん》まじりにいっていた。戦争が終わったら、漫画家《まんがか》になりたいといっていたし、絵がどんどんうまくなっているのも、ライナスにはわかった。

一冊目《さつめ》のノートのミスタースーパーは、ぶかっこうで、腕《うで》が長すぎるうえ頭も小さすぎる。走ろうとすると、足がこんがらがった姿《すがた》になる。絵を見れば、アプケが消しゴムをさんざん使って、古い線の上に鉛筆《えんぴつ》でまた線を重ねているのがわかった。

二冊目《さつめ》のノートでは、ミスタースーパーは、ずいぶんかっこよくなっていた。足をがっしり開いて立ち、ほほえみを浮《う》かべ、げんこつをにぎった手を腰《こし》にあてている。腕《うで》にヘルメットを抱《かか》えていることもあった。体にぴったりのフィットスーツを見れば、彼《かれ》が未来からやってきたことがはっきりわかる。ミスタースーパーは、ブーツの底からのジェット噴射《ふんしゃ》で、空中にはりきって飛びだす。敵《てき》の兵隊をとらえ、しめあげることもあった。

ライナスは、ゆっくりページをめくっていく。先に行けば行くほど、ミスタースーパーはほんとうにスーパーマンを手伝えそうな姿《すがた》になっていった。おしまい近くのページで、ライナスは手をとめた。ほぼ完璧だ——ミスタースーパーは飛行機の先端《せんたん》部分にまたがっていて、その飛行機のわき腹《ばら》には、ナチスドイツのしるしのハーケンクロイツがついている。ナチスはみんなの敵《てき》だから、ミスタースーパーの敵《てき》でもあるのだ。ミスタースーパーはパイロットの首をしめあげ、パイロットはお手上げ状態《じょうたい》、負けは明らかだった。

(ほとんど完璧だよ)と、ライナスは心の中でつぶやいた。でも、どこかしっくりこない。指先で鉛筆《えんぴつ》の線をたどってみた。そして、ノートをななめにして気がついた。横から見ると、ミスタースーパーは、ちょっとアプケに似《に》ているのだ!

アプケもよく、こんな自信に満ちた目つきをしていたっけ……。

「心配するな。わたしがきみの兄さんを見張《みは》っているから」

ミスタースーパーが、パイロットを押《お》さえる力をゆるめずに、横目でライナスを見つめている。

「約束してくれる?」ライナスはたずねる。

「わたしたちふたりの秘密《ひみつ》だ」ミスタースーパーは、空いているほうの手の人さし指をくちびるにあてて、ウィンクした。そして、「おい、おまえ。おまえも黙《だま》ってるんだぞ」といって、しめあげている男をゆさぶった。敵《てき》のパイロットは小さくうめく。どうしようもない臆病者《おくびょうもの》なのだ。飛行機は煙《けむり》をふき、エンジンはあやしい音を立て、パイロットは甲高《かんだか》い声でゆるしを乞《こ》い、飛行機は急降下《きゅうこうか》していく。

「ぼくたちふたりの秘密《ひみつ》だよ!」

ライナスは、騒音《そうおん》に負けないよう大声でさけんだ。


「秘密《ひみつ》とかなんとか、なに、どなってるんだ?」

シモンが、ドアをバタンと開けて、入ってきた。

「子どもっぽいお遊びをするつもりなら、すぐにちびっこ部屋にもどってくれ」

そういうと、シモンはセーターを戸棚《とだな》からだして、頭からずぼりとかぶった。ライナスの前を通ったとき、シモンはひざの上のノートをちらりと見た。

「ミスタースーパーか。知ってるぜ。チョー子どもっぽいな」

そういい残し、ドアを乱暴《らんぼう》に閉《し》めて出ていった。

ライナスは、なにも気にしなかった。ノートをおなかにのせたまま両腕《りょううで》を頭の下で組み、満足のため息をもらした。胃のいやな痛《いた》みは、もうほとんど消えていた。

3

「どうして、においには名前がないの？」

ライナスは店のカウンターにすわって、すぐそばの木箱から売りもののオレンジを一個《こ》、手に取った。そのオレンジを何度も空中に放っていたので、あたりはオレンジのにおいがしている。時刻《じこく》は夕方近く。ショーウィンドウのブラインドは半分だけ閉《し》めてある。ブラインドのすきまから、道を歩く人たちのおなかだけが見え、足と頭のない体が通りすぎていく。

ライナスは父さんを手伝って、注文を受けた品をそろえていた。明日の午後、学校が終わったら、初めての配達に行くのだ。アプケがいなくなったあと、靴《くつ》だけではなく、家の用事も順番にくりさがってきた。ライナスは配達の役目をシモンからひきつぎ、シモンはアプケの役目をひきついで、新聞社の郵便室《ゆうびんしつ》で下働きをはじめた。いまではライナスも大人の仲間入りをし

たので、ちびっこの中で一番の年上になるのはマックスだった。放課後はマックスが、ウィルケとシスの面倒《めんどう》を見るのだ。

ライナスの質問《しつもん》に、父さんはなにも答えなかった。おでこにしわをよせて、注文票の束をめくっている。父さんはもともと口数が少ないほうで、お客さんとしゃべってしまうと、家族と交わす言葉はもうあまり残っていなかった。

「それってへんじゃない?」ライナスは両手でオレンジを包みこみ、考えながらにおいをかいだ。「色には名前があるけど、においには名前がないでしょ。たとえばこのオレンジだって、においをいいあらわす言葉がないんだ」

そういいながら、オレンジを高く持ちあげた。

「それは……果物のにおいだ」

父さんは翌日《よくじつ》の仕入表を書きはじめた。毎朝、夜明け前に大きな市場へ行き、野菜や果物を仕入れてくるのだ。

「『果物のにおい』って言葉にしたら、どの果物も全部同じ名前になっちゃうよ!」と、ライナスはいいはった。「果物は全部、ちがうにおいがするのに。ぼくは、ひとつひとつのにおいにぴったりの名前がどうしてないのか、きいてるんだよ」

「答えられないことを、きくもんじゃない」

父さんはためいきをつき、「ちびっこたちのおもりはどうした」と、いいたした。

ライナスは、その言葉が大きらいだった。父さんのお決まりの答えだったからだ。でも今日は、ふふっと笑いがこみあげてきた。

「おもりなら、もうマックスがやってるよ」

生まれて初めてそういえるのが、ライナスにはうれしかった。

父さんは、眉《まゆ》をしかめて仕入表から顔をあげ、鉛筆《えんぴつ》を耳の後ろにはさんだ。笑いをとめられないライナスは、カウンターを両手でバンバンたたいてまだ笑っている。

「うるさいぞ」

首をふりながら、口をひらいた父さんも、思わず笑顔になっていた。

ライナスの笑い声はさらに大きくなった。日曜の午後の、しんと静まりかえった家の中で声を響《ひび》かせるのは、気持ちが良かった。

そのとき、急いで階段《かいだん》をおりてくる足音がした。シモンが外へ出ようと、店の中を通っていく。

父さんが注文票をかかげた。

「きのう、この注文を取ってきたのは、シモンだな？　五十九番街だ。お得意さんの名前をきれいに書いておかなきゃ、だめだろう」

シモンはその紙を見つめて、肩《かた》をすくめた。

「新しいお客さんなんだよ。言葉にちょっと変わったアクセントがあって、三回きいてもよくわからなかった。それで、自分で名前を書いてもらったんだ」

父さんは、眉《まゆ》をつりあげた。

「近くに八百屋を見つけられなかったのかな？　ここから十街区以上も先だぞ」

父さんは、注文票の紙をもう一度見つめた。

「で、オレンジの木箱をひとつ、っていうのは確《たし》かなんだな？」

シモンはうなずいた。

「しぼってジュースにしてもらえるか、ともきかれたよ」

そして閉《し》めてあった店の鍵《かぎ》をはずすと、行ってきますもいわないで、シモンは外の道へ出ていった。

「うちのオレンジの在庫《ざいこ》は、これでおしまいだ」と、父さんはつぶやき、耳の後ろの鉛筆《えんぴつ》を取って表になにか書きこんだ。

「明日、その新しいお得意さんの名前を、おまえがちゃんときいてくるんだぞ」

父さんは、さっきの注文票を束からめくってみせた。ライナスはのぞきこんだ。

〈月曜日、一週間おき、四時半以降《いこう》に配達〉と、シモンの汚《きたな》い字で書いてあり、「以降《いこう》」に二重線を引いて、強調してあった。

「このお客さんを配達の最後にしたらいい。オレンジの木箱を取りに、いったん店にもどれるからな。配達のあいだじゅう、山積みの荷車を押《お》さないですむ。なにしろ、十街区以上も先だし……」

父さんはそういうと、探《さぐ》るような目でライナスを見つめた。

「明日、全部、ひとりでやれるか？」

ライナスは、元気よくうなずいた。近所のことはよくわかっているし、どうやって道をまわるか、確《たし》かめればいいだけだ。目を閉《と》じていたってだいじょうぶ。しくじるはずがなかった。

4

(靴《くつ》にしてみたら、ぜんぜん変わってないよね。まえとおんなじ道をまわってるんだもの。でも中に入っている足は、シモンのじゃなくて、ぼくの足なんだ……)

荷車を引きながら、ライナスは考えていた。

品物がどっさり積んである荷車は、動かすのに慣《な》れるまで注意が必要だった。ライナスは新しい靴《くつ》をはいていることを忘《わす》れ、歩道のふちやはがれた敷石《しきいし》につまずいて、なんどかころびそうになった。

配達リストの最初は、「オーレイリー食堂」だ。注文は、たまねぎひと袋《ふくろ》とトマトをひと箱。数分後に到着《とうちゃく》したライナスは、たまねぎを店内まで運ぶつもりだったが、ドアまで来たウェイトレスが、その袋《ふくろ》を受けとってトマトの木箱の上にのせ、かるがると持ちあげた。そしてライ

ナスに笑いかけ、足でドアを閉《し》めると、店内へもどっていった。

うん、うまくいった。あと二か所、近所の配達だ――次はライナスもよく知っている「カステッリ」、四つ先の通りにあるイタリア料理店だった。注文票の裏《うら》に〈四時までに配達〉と、書いてある。配達リストによれば、その次がデ・ウィンター夫人だ。注文はプラムをひと袋《ふくろ》、それにぶどうがひと房《ふさ》だけ。住所はここから角を曲がり、道をふたつ行っただけのところだった。

先にデ・ウィンター夫人の家に寄《よ》っておけば、そんなささやかな注文のため、わざわざもどってこなくていい。少し急げば、カステッリの配達も間に合うはず。そうすれば四時には北のほうの住所への配達が全部終わるし、記録的なはやさで店にもどって、五十九番街に運ぶオレンジの木箱を取りいける。父さんも、きっとびっくりするだろう。


ドアが開くまで、少し待たされた。デ・ウィンター夫人は、ライナスと同じぐらいの背丈《せたけ》の人だった。年のせいで体は少しふるえ、ほおはしわだらけだ。

「はい？」夫人はライナスのことを、疑《うたが》いの目で見つめている。

「ご注文の品です」ライナスは、紙袋《かみぶくろ》をひとつずつ持ちあげた。左がプラムで、右がぶどうだ。

「いつもは、ちがう男の子だよ」夫人はライナスの顔から、果物の袋《ふくろ》に目を移《うつ》した。「あの子はどうしたんだい？」

「ぼくが、新しい配達係なんです」

その証拠《しょうこ》として、ライナスはもういちど袋《ふくろ》をゆらし、にこっと笑いかけた。

夫人は笑いかえさなかった。

「そりゃけっこうだね。なんでもかんでも変わっていくのに、あたしにはだれも話しちゃくれない。信じられるかどうか、わかるもんか」

夫人の声はふるえてもいないし、年寄《としよ》りじみてもいない。強くはっきりしていて、しかも、かなり怒《おこ》っていた。

「ぼくはライナス・ミュラー、シモンの弟なんです」

ライナスは、果物の袋《ふくろ》を持っていた腕《うで》をおろした。

「シモンだって？　だれだか知るもんか。あたしには、だれもなんにも話しちゃくれないんだ」

夫人はまだ文句《もんく》をいっている。

「シモンっていうのは、まえに来ていた子の名前です」

ライナスはそういって、もういちど袋《ふくろ》を持ちあげた。夫人はようやく手をのばして、プラムを受けとった。そして、ゆっくり袋《ふくろ》の口を開けると、不機嫌《ふきげん》な顔つきで中をのぞきこんだ。ライナスはそわそわしながら、体を左右にゆらしている。

「じゃあ、おいで」

夫人は紙袋《かみぶくろ》の口をゆっくり閉《と》じると、向きを変えながら、ライナスを手招《てまね》きした。

「だったら今回は、あんたに手伝ってもらうよ」

ライナスはためらった。どのくらい時間がかかるんだろう？　でも口ごたえはしないで、荷車に布をかけ、ぶどうの袋《ふくろ》を手に持ったまま夫人のあとを追い、せまい廊下《ろうか》を歩いていった。

家の中は、よどんだ空気のにおいがした。壁《かべ》にはやけに大きな鹿《しか》の角が飾《かざ》ってあり、そこにコートがかけてある。ライナスは首をひっこめて、コートの下を通った。夫人は、居間《いま》へ向かってよろよろと前を歩いていく。居間《いま》の中には家具がところせましとおいてあり、ライナスと夫人はその家具のすきまをぬって、台所へ向かった。

「あたしは、ひとりなんだ」

まわりを見まわしながら、夫人はいった。ライナスは行儀《ぎょうぎ》よくうなずいたが、心の中では、ひとり暮《ぐ》らしの人間に、どうしてこんなにたくさん、いすやテーブルが必要なのかなと思っていた。たぶん、お客が大勢《おおぜい》来るんだろう。

台所に入ると、夫人はゴミバケツを指さし、ライナスを責《せ》めるようにいった。

「ほかに、だれもやってくれる人がいないんだよ」

ライナスは夫人にぶどうを渡《わた》すと、ゴミバケツを持ちあげた。でもあんまり重いので、一、二、三歩、歩くたびに、そのバケツをいったん下におろさなければならなかった。ライナスのすぐ後ろを、夫人がついてくる。

「気をつけておくれ。家の中を汚《よご》さないように」

ライナスはうなずき、用心深く、でもできるだけ早足で居間《いま》を通っていった。玄関《げんかん》ホールに着いたときには、少し息をきらしていた。

「そこに置いて。となりの人がもうすぐ中身を空けてくれるから。ドアをしっかり閉《し》めて、出ていっておくれ」

夫人は、腰《こし》に両手をあてて立ったまま、ライナスを見送った。

ライナスは、どうして夫人の名前がリストの一番下に書いてあったのか、ようやく理解《りかい》した。

外に出てみると、ウェルザース煙草《たばこ》店の時計が、四時五分前を指している。これじゃ間に合わない！　ライナスは、急いで荷車を引いていった。歩道を走りながら、いろんな人の足のあいだをすりぬけるのは、ひと苦労だった。

「どこ見て歩いてんのよ！」

乳母車《うばぐるま》を押《お》した女の人が、ライナスの後ろからさけんだ。犬はほえながら荷車のまわりを走り、犬をつなぐひもが車輪にからみつきそうだ。ライナスの体はだんだん熱くなってきた。

カステッリのある通りに着いたのは、四時八分すぎだった。レストランの前の歩道で、白いエプロンをつけたコックが、ライナスを待っていた。エプロンのおなかに、大きな赤いしみがついている。

「遅刻《ちこく》だぞ。どのくらい待たせれば、気がすむんだ」

そういって、コックは荷車の上にかがみこんだ。走ってきたせいで、一番上の木箱に入っていたレモンがばらばらと落ちた。ライナスは赤い顔をして、レモンを拾い集め、木箱にもどした。コックは荷車からたまねぎの袋《ふくろ》と、西洋ネギとレモンの木箱を持ちあげて、かたほうの腕《うで》に器用にのせた。

「で、イタリアントマトは？」

ライナスは、最後の木箱を荷車から持ちあげようと、体をかがめた。

「ちがうちがう」と、コックは空いているほうの手で、ライナスの動きをとめた。

「ミニトマトじゃなくて、イタリアントマトだ」

ライナスの顔が、ますます熱くなる。

「イタリアントマトは、細長くて大ぶりなんだ。ミニトマトってのは丸くて小ぶりで……トマトなんて呼《よ》べない代物だ！」

コックは、片手《かたて》で自分の体をパンとたたいた。

「まさか、忘《わす》れたっていうわけじゃ……」

ライナスは荷車をじっと見つめた。いくら見ても、ミニトマトがイタリアントマトに変わるわけはないのだが。

そして、つぶやいた。

「オーレイリーさんのところのトマトと、取りちがえたのかもしれません」

「オーレイリー？　オーレイリーのやつが、おれのイタリアントマトを？」

コックの黒い目がライナスを刺《さ》すようににらみ、コックは片手《かたて》でミニトマトの箱をつかむと、ライナスの腕《うで》に押《お》しつけた。そして、ほかのものを荷車に積みなおすと、ライナスの前に仁王《におう》立《だ》ちした。

「おい、なにをぐずぐずしてるんだ？　走って取ってこい！」

もう四時をまわっていたので、歩道は混《こ》んできている。帰宅《きたく》時間が終わるまで、混雑《こんざつ》はひどくなるいっぽうだ。ライナスはミニトマトの小さな箱を胸《むね》に抱《だ》きしめ、息をきらしながら、人の流れをぬっていった。かかとの皮膚《ひふ》がこすれて痛《いた》い。ミニトマトの箱はだんだん重くなっていく。でもライナスはわき目もふらず、全速力で走りつづけた。


「もう洗《あら》う必要はありません」

きっかり十四分後に、カステッリにもどってきたライナスは、息をきらして説明した。ハアハアしながら、イタリアントマトの木箱をさしだした。

「蛇口《じゃぐち》の下で、水をかけられていました」

「ずいぶんと気がきくな」

コックは笑いもしなかったけれど、まえほど怒《おこ》っているようにも見えなかった。

「今回が初めてだからな、ゆるしてやろう。だが、こんなまねは二度とするなよ」

コックは、ライナスの空っぽの荷車をかるがると店の外にだし、黙《だま》ってドアを閉《し》めた。

ライナスは荷車にもたれかかった。勢《いきお》いよく走ったせいで、吐《は》き気《け》がする。上着をぬいで、荷台に放りこんだ。さっき、地下鉄の入口の人ごみを通りぬけようとしたとき、フェンスで手を切ってしまい、いまごろになってその傷《きず》がずきずきと痛《いた》む。疲《つか》れのあまり、ひざもがくがくする。よろめく足で、ライナスは荷車を引いていった。

五時十五分前に店にもどったとき、運よく、父さんは二階にあがっていた。

夕方には、いつも母さんが店に立つ。朝はやく市場に行かなければいけない父さんが、何時間か休めるようにしているのだ。いったん眠《ねむ》ったら、とうさんはなにがあっても目をさまさない。たとえ、シスとウィルケがベッドの上でぴょんぴょんはねて遊んでも、起きなかった。

母さんがオレンジの木箱を持って、外に出てきた。

「五十九番街の十五番地に届《とど》けて」そういうと、木箱を荷車にのせた。「住所を紙に書いたほうがいい、それとも覚えられる？」

「覚えられる」ライナスはできるだけはやく、配達に出たかった。

「だいじょうぶ？　くたびれているみたいだけど」

母さんは店の中にもどりながら、そうきいた。心配そうな目でライナスを見つめている。

「だいじょぶ、だいじょぶ」

ライナスは質問《しつもん》に答えたくなかった。これ以上なにかきかれたら、さっきのへまについて話してしまいそうだ。

「シモンがもうすぐ帰ってくるわ。大変だったら、その木箱は運んでもらえるけど」

ライナスは首を横にふった。母さんに手をあげてあいさつし、こんどはちがう方向に向かった。かかとの傷《きず》が腫《は》れてきたのがわかる。まえの靴《くつ》だったらよかったのに、と思わず考えそうになった。


「十四分か。悪くないな。初心者にしては、ぜんぜん悪くないぞ」

ミスタースーパーは、荷車のすぐ上を飛んでいる。ブーツのかかとのジェット噴射《ふんしゃ》を使って。

「ぼくを助けに来てくれなかったね？」ライナスはたずねる。

「ちょうど用事があったんだ」そういいながら、ミスタースーパーは荷車のはしに、腰《こし》をおろした。そしてヘルメットをはずし、ひざの上においた。

「いったい、どんな大事な用があったの？　木箱のトマトより大切なこと？」と、ライナスはきいた。ミスタースーパーは肩《かた》をすくめた。

「わかってるだろ。よくあるトラブルさ。ハドソン川で沈《しず》みかけてる船や、エンジン故障《こしょう》を起こした飛行機。それに弾丸《たま》をよけるのを忘《わす》れかけた、だれかの兄さんを助けたり……」


「アプケのこと？　兄さんはだいじょうぶ？」ライナスはさけんだ。

それから、すばやくあたりを見まわした。自分が大声をだしたんじゃないかと思って。

さいわい、道行く人たちはみなひどく急いでいて、宙《ちゅう》に向かって話す少年にだれも注意をはらわなかった。ミスタースーパーはまた消えてしまった。

5

五十九番街は、セントラルパークがはじまる場所だ。その十五番地の建物の一階は、陶器《とうき》の人形や花びんのならんだ、大きなショーウィンドウになっている。上の階へ行くためのドアは、門のかげに隠《かく》れていた。ライナスは玄関《げんかん》ポーチに荷車を入れて、外の道から見えないようにした。あたりはうす暗くて、ドアの横の名札は読めなかった。見当をつけて呼《よ》び鈴《りん》を鳴らすと、少しして中からブザーの音が響《ひび》き、ライナスはドアを押《お》しあけた。

入口のホールも暗かった。でも階段《かいだん》の上から、光とにぎやかな音楽がふりそそいできた。ライナスはオレンジの木箱をしっかり胸《むね》に抱《かか》えて、階段《かいだん》をのぼりはじめた。体にくっつけたほうが持ちあげるのが楽だと、父さんに教わっていたからだ。

階段《かいだん》の上まできて、ライナスは立ちどまった。踊《おど》り場《ば》にはドアがふたつある。音楽は、ほんの少し開いた左のドアから聞こえてきた。ライナスは木箱を下に置いて、そのドアをたたいた。するとたたいたはずみで、ドアがもう少し開いた。

「ご注文の品です！」

ライナスは中に向かってさけんだ。白い廊下《ろうか》の入口しか見えない。

すると音楽が小さくなり、だれかが咳《せき》をするのが聞こえ、すたすたと足音が近づいてきた。

「四時半よりあとに、来てもらう約束なんだが」

小さな声がして、奥《おく》の部屋のドアのかげからだれかが顔をだした。目が黒くて、顔の細い人が、不機嫌《ふきげん》そうにライナスを見つめている。黒い髪《かみ》はきっちり後ろになでつけてあった。ちょっと鳥に似《に》て見えるのは、大きくて、とんがった鼻のせいだろう。

「お客さん、もうすぐ五時です」

ライナスは、一歩後ろにさがって答えた。

「もうそんな時間かい？」

男の人の目が大きく開いた。そして人さし指で、ぶ厚《あつ》い眼鏡《めがね》を押《お》しあげると、ライナスの足もとにある木箱に視線《しせん》を落とした。

「なるほど！」と、その顔が晴れやかになった。「健康のために頼《たの》んだやつだ！」

男の人は、部屋のドアをさっと開けると、ライナスのいる踊《おど》り場《ば》に出てきた。

「木箱はこっち、台所の近くに置いて」

アメリカに住みはじめて、まだ日が浅い人なのか、アクセントの強い話し方でそういった。

そしてライナスがオレンジの木箱を動かすのを、手をこすりながらうれしそうにながめたあと、運び終えた木箱の上に体をかがめた。スモックみたいなたっぷりした服を着ていて、服の下に手足があるのかさえ、わからない。服の色は、父さんが店でつけているエプロンと同じ、くすんだ青だった。スモックには小さな丸い襟《えり》がついていて、ライナスは、シスの服みたいだと思った。でも男の人のとんがった顔には、そのかわいい襟《えり》が似合《にあ》っていなかった。

「木箱いっぱいの健康だ」

その人は、いままではずいぶんうちとけた顔になっていた。オレンジのせいで、明るい気分になったのかもしれない。

「このオレンジが体にいいんだよ」そういって胸《むね》をたたき、また咳《せき》こみだした。ライナスは行儀《ぎょうぎ》よくうなずくと、背中《せなか》をむけて、階段《かいだん》をおりはじめた。

「ちょっと待って」と、声がする。

ライナスは、次の段《だん》に足をおろしかけたところで、ふりかえった。男の人は腰《こし》をかがめると、オレンジを一個《こ》、木箱から取りだした。ライナスはどきっとした。なにか、おかしなところがあったのかな。またまちがった箱を持ってきてしまったとか？

けれども、男の人は顔をあげて、ほほえんだ。

「ごほうびだよ。受けとって！」

そうさけぶと、勢《いきお》いよくオレンジを放りなげた。ライナスはうれしくなった。少し上のほうに飛んできたオレンジを、ライナスは上手に受けとめられるところを見せたくなり、わざと軽くジャンプして、受けとめた。

ジャンプ自体はたいしたことなくて、ちょっと、とびはねただけだった。でも、だからこそ、着地のときに階段《かいだん》を踏《ふ》みはずしてしまったのは、みっともなかった。とっさに、手すりをつかもうとしたけれど、手にオレンジを持っているのでつかめない。どうすることもできないまま、ライナスはころがりおち、階段《かいだん》が曲がるところで壁《かべ》に当たって、ようやくとまることができた。

「どこか、痛《いた》みをうけたかい？」男の人はスモックをはためかせ、あわてて階段《かいだん》をおりてきた。ショックをうけていたのに、ライナスは男の人の言葉使いが少しへんなのに気がついた。

「靴《くつ》のせいです」と、ライナスは答えた。床《ゆか》にぶつけたひざがひどく痛《いた》かった。「取り替《か》えたばかりの靴《くつ》なので、慣《な》れてないんです」

ライナスは、ズボンのすそをめくりあげた。ひざにはかなりのすり傷《きず》ができていて、しかも青あざになりそうだ。

「いや、ちがう、全部わたしのせいだ」

男の人は眼鏡《めがね》を押《お》しあげて、けがをしたひざの具合を確《たし》かめた。

「どうしようもないばかだよ、わたしは。投げるのが下手くそなのは、わかってたんだ。立てるかい？」

そういって、ライナスが立つのに手を貸《か》してくれた。ゆるゆるの服の下には、しっかりした腕《うで》が二本、ちゃんとついている。ライナスは、ふしぎなにおいがするのにも気がついた。ペンキのようなにおいだった。

「とにかく、ひざをなんとかしないと。中においで」

その人は、ライナスをささえて階段《かいだん》をのぼり、ドアを開け、白い廊下《ろうか》の奥《おく》へと連れていった。家に入ると、さっきのにおいはますます強くなった。廊下《ろうか》のつきあたりに小部屋があり、白い布《ぬの》のかかった窓《まど》から日の光がさしこんでいる。男の人は、窓《まど》の前にあるいすを指さし、ライナスはいすのすみに腰《こし》をおろした。

「ばんそうこうを探《さが》してくる。水を飲むかい？」

ライナスはうなずいた。今日の午後、あんなに走ったせいで、ずいぶんのどが渇《かわ》いていることにいま気がついたのだ。男の人がいないすきに、ライナスは部屋を見まわした。どの壁《かべ》も全部白く塗《ぬ》られている。白壁《しらかべ》だ！　花の絵の壁紙《かべがみ》はどこにも貼《は》られていない。深紅《しんく》の布《ぬの》をかけた樫《かし》の木のテーブルもない。板張《いたば》りの床《ゆか》にはじゅうたんさえ敷《し》いていないし、壁際《かべぎわ》にマホガニーの木でできた衣装《いしょう》ダンスも置いてなかった。ライナスの家とはちがうし、リアムやロージー、知りあいのどの家ともちがっていた。ライナスたちの住んでいるところは、家中がざわざわしていて、ものがいっぱいで、うす暗かった。

でもここは、そう……

軽い。明るい。そして空っぽだ。

でも、空っぽといっても、いやな感じじゃない。むなしい感じでもなく、むしろ……落ちつく感じ。

いすにもたれかかりながら、ライナスはそう考えていた。

床《ゆか》以外は、なにもかも白い。丸いすと小さなテーブルも、本やノートが入った低い棚《たな》も、壁際《かべぎわ》のせまいベッドのカバーも、白だった。

あたり一面まっしろななか、ライナスはあちこちに色のついた四角を見かけた。いくつかまとまっている四角や、ひとつだけの四角が、壁《かべ》や戸棚《とだな》のとびら、マントルピースの上にもついていた。白い海に、色の小島が浮《う》かんでいるようだった。太陽の黄色にかがやいていたり、あざやかな赤や青が目の前で踊《おど》っていたり。四角たちはうきうきして、じっとしていられないように見えた。

ライナスはすぐそばの壁《かべ》の青い四角を、そっと指でなでてみた。ボール紙みたいな感じ。四つの角をすごく小さなくぎで留《と》めてある。もっとよく見ようと、さらに体をかたむけた。するとボール紙に刺《さ》されたくぎのまわりにも、紙のまわりの壁《かべ》にも、穴《あな》がぽつぽつとあいていた。どの四角を見ても、穴《あな》がたくさんあいているのがわかった。

「気に入ったかい？」

右手には水の入ったコップ、左手には救急箱を持って、男の人がドアのところに立っていた。

戸口にぶつからないように、頭をちょっと下げている。

ライナスはうなずいて、「きれいな色ですね」と、小声でいった。そして、しばらくためらったあと、こういいたした。「まるで色が浮《う》かんでいるみたいです」

「それは、強い色だからだよ」と、男の人はいった。声には、ライナスの答えを喜んでいる調子があった。

「赤、青、黄の三色は、未来の色なんだ。わたしはその色しか使わないんだよ」

男の人はライナスにコップを渡《わた》し、白い丸いすをだすと、救急箱をひざに置いてライナスの横にすわった。ライナスは質問《しつもん》したくてたまらない。そのまなざしに気がついて、男の人はいった。

「わたしは画家なんだ」

そして、自分のスモックを指さした。おなかのあたりに、白と何色《なんしょく》かの絵の具のしみがついている。壁《かべ》の四角と、同じ色の組み合わせだった。

「引《ひ》っ越《こ》してきたばかりでね」

男の人は救急箱を開き、小びんを取りだした。「そしてこれはみんな」と、びんを持った手で、あたりを指さしながら言葉を続けた。

「雰囲気《ふんいき》をもっと陽気にしようと、やってみたんだよ。まだ完全に気に入ったわけじゃない。悪いけど、ちょっとしみるよ」

そういって、ライナスのひざの上にかがみこんだ。

ヨードチンキがどんな働きをするか、ライナスは知っていた。塗《ぬ》るところを見ていると、よけいに痛《いた》みを感じる。それで自分のひざから目を離《はな》して、まわりの色をながめていた。

あの人は、さっきなんていってたっけ？　うん、強い色だ。ライナスはスーパーマンのことを思いだした。スーパーマンも未来から来たし、だから赤、青、黄……同じ色なんだ。

ライナスは、冷たいものがひざにたらされたのを感じた。――さあ、これから、ずきずきしてくるぞ。

「未来の色？」ライナスは早口でたずねた。

男の人はうなずいた。

「わたしは、原色のことをそう呼《よ》んでいるよ。未来はいまとはすべてがちがう。この部屋なんか」そういって、ヨードチンキの小びんをのせた手を動かした。「まだまだ序《じょ》の口《くち》だ。未来は探《さが》すもの、そして……ためしにやってみることなんだ」

そういうと、ヨードチンキのびんをしまいこみ、こんどは長くて細い指で、器用に白いガーゼの包装紙《ほうそうし》をはがした。

「ちょっと、パズルに似《に》ているんだよ。常《つね》に新しい可能性《かのうせい》のあるパズルだ。わかるかね？」

ライナスのひざの上で、ガーゼがひらひらしている。

ライナスは答えに迷《まよ》った。少なくとも、壁《かべ》に小さな穴《あな》があいている理由はこれでわかった。

「一種のゲーム、っていう意味ですか？」

ライナスはたずねた。

男の人は笑った。口のはしをちょっと動かしただけの、小さなほほえみだった。そして、すり傷《きず》の上にガーゼを用心深くのせたので、ライナスはなんにも感じなかった。その人が顔をあげたとき、度の強い眼鏡《めがね》の奥《おく》の目にも笑いが浮《う》かんでいた。

「そんなふうに見てもらっても、ぜんぜん悪くないよ」

男の人はゆっくりと答え、指でばんそうこうをちぎると、ガーゼを固定した。

「これでよし」と、その人は救急箱を閉《し》めて、テーブルの上にきちんと置いた。ほかのものも、全部同じように置かれていることに、ライナスはいまになって気がついた。そして、自分のごちゃごちゃの部屋のことを考えた。頭の中で「みんながまたすぐに散らかすから、ちっともかたづかないわ」と、母さんのこぼす声が聞こえてきた。

家のことを思いだして、ライナスは、はっとした。

いったいどのくらい、ここにいたんだろう?

「荷車が!」

ライナスは、自分の荷車が下に置きっぱなしだったのを、すっかり忘《わす》れていた。全部忘《わす》れていたのだ、この部屋の外の世界のことを……。

「行かなくちゃ」

ライナスは、コップを手にしたまま立ちあがった。あのきれいなテーブルに、コップを置いていいのかわからず、ライナスはコップを男の人に渡《わた》すと、急いで廊下《ろうか》をぬけて、ドアの外に出た。

階段《かいだん》をかけおりるライナスの耳に、「今度は気をつけて行きなさい！」と、男の人の声が聞こえた。

外に出ると、荷車は、置いてきた場所にまだちゃんとあった。ライナスはほっとして門をくぐり、歩道に出た。そして建物の正面を見あげた。外側からは、変わったところは少しも見えない。原色が散らばった、あの白い世界を思わせるものはなにもなかった。

だけど、あそこにいると、まわりが全部少しちがって見えたんだ。

ライナスは通りを歩きながら考えた。

そのとき初めて、名前のことを思いだした。

男の人の名前をきくことを、すっかり忘《わす》れていたのだ。

6

その晩《ばん》、ベッドに行こうと立ちあがったとき、「歩き方がへんよ」と、ライナスは母さんにいわれた。

くたびれきっていて、いますぐ横になりたかったのに。

「今日の午後、ころんだんだ」

ライナスのひざは、まだうまく曲がらなかった。

「道で？」母さんはびっくりした声をあげた。

「階段《かいだん》でだよ。あのオレンジのお客さんのところで。たいしたことないよ、ただのかすり傷《きず》だから」

もうこれ以上質問《しつもん》されませんように、と願いながら、ライナスは手を軽くふった。

「でも、やっぱり見せてちょうだい」

母さんは、ライナスをいすに押《お》しもどした。

「見せるものなんて、なんにもないけど」

いわれるまま、ライナスは、ズボンのすそをめくりあげた。

「あのお客さんが、ばんそうこうを貼《は》ってくれたんだ。さわらないで！」

母さんが、指でばんそうこうをはがそうとしたのを見て、ライナスは悲鳴をあげた。母さんは手をひっこめた。

「見たところ、ちゃんとやってあるわね」

ライナスはうなずいた。几帳面《きちょうめん》なあの人の手を思いだしたのだ。

「それに、とっても親切にしてくれたんだ」といったあと、少し迷《まよ》った。もっと話をしようか、と思ったけれど、ライナスは口をつぐんだ。

母さんは腕組《うでぐ》みして、ライナスを見つめた。

「配達は大変じゃない？」

「ううん、ぜんぜん平気。慣《な》れればいいだけ」

ライナスはそう答えて、また立ちあがった。

「あのお客は遠すぎないか？」

こんどは、父さんまで質問《しつもん》してきた。

「ううん、だいじょぶ」

ふたりとも、ライナスにはなにもできないと思っているんだろうか？

「名前をきいてきたか？」と、父さんがたずねた。ノートに注文をまとめていた父さんは、ペンを浮《う》かせて、ライナスの答えを待っている。

「ごめん、忘《わす》れちゃった」

父さんは眉《まゆ》をしかめた。

「だって、ぼく、階段《かいだん》でころんだから」

オレンジが飛んでくるところを思いだしながら、ライナスはいいわけした。

「次回は忘《わす》れないよ。ミスターオレンジがほんとはなんていう名前か、ちゃんときいてくる」

そのあと、ライナスは父さんの後ろにまわって、ノートをちらっとのぞきこんだ。〈ミスターオレンジ〉と、小さなきちんとした字で書きこまれ、その後ろに日付と値段《ねだん》が記してあった。

台所のコップに入った歯ブラシの束から、ライナスは自分の歯ブラシを見つけだした。でも、はみがき粉がまた、いつもの場所にない。ライナスはふと考えた。どうしてぼくは、ミスターオレンジのことや、あの家のことを話さなかったんだろう？と。

ふたのはずれたはみがき粉は、いつもとは別の棚《たな》に入っていた。ライナスは歯をみがきながら、ほおのこけた、画家用のスモックを着た男の人のことを思いだした。（父さんの黒い髪《かみ》は、かなりまえに白髪《しらが》になっちゃったけど、ミスターオレンジは父さんよりずっと年上のはずだ）

ライナスは、色やパズルの話になるとかがやきだすあの人の目を思い浮《う》かべた。あんなに真剣《しんけん》にゲームの話をする大人を、初めて見たのだ。

どうしてミスターオレンジのことやあの家のことを、なにも話さなかったか。（ほんとは理由もわかってるんだ）と、ライナスは心の中でつぶやいた。台所の流しではみがき粉のふたを探《さが》しまわり、棚《たな》をひとつずつのぞきながら。だれにもなにもいわないでおけば、あの空間を自分だけのものにしておける。そう思ったからだった。

ライナスはあたりを見まわした。人がたくさんいて、いろんな声がする自分の家にもどると、ミスターオレンジの白い家のことをなかなか想像《そうぞう》できなかった。あの静かな白い部屋に、自分はほんとにいたんだろうか？　家にいると、全部ただの空想のように思えてくる。

はみがき粉のふたは、台所のテーブルの下にころがっていた。ライナスは、そのふたをはめると、あくびをした。そして廊下《ろうか》を歩いて、部屋のドアを静かに開けた。ほんのしばらく、妹や弟たちが寝《ね》ているのを見て混乱《こんらん》し、どうしてマックスがぼくのベッドで寝《ね》てるんだろうと思った。そのあと、まちがっていたことに気がついて、笑いをこらえた。ドアをまたそっと閉《し》めて背中《せなか》をむけると、新しい自分の部屋のドアを開けた。

「おもしろいな、未来の色か」

ミスタースーパーが、ライナスのベッドにねそべっていた。あおむけになり、ヘルメットを枕《まくら》がわりにしている。

ライナスはうなずいた。ベッドのふちに腰《こし》をおろすと、靴下《くつした》をぬいだ。

ミスタースーパーは、頭の後ろで腕《うで》を組んだ。

「あの人は未来の色のことを、別の言葉で、なんといっていたかな？」

ライナスは肩《かた》をすくめた。くたびれきっていて、なんにも思いだせないのだ。

「どいてくれる？」

ライナスは、枕《まくら》の下からパジャマをひっぱりだそうとした。けれども、うまくいかない。ミスタースーパーがいるせいだ。

「ぼくはへとへとで、眠《ねむ》りたいんだよ」

「じゃあ、わたしはどうすればいい？」

「みんなを救いにいってよ。戦争に勝ってきてよ」

大あくびしたライナスの目から、涙《なみだ》がこぼれた。

ミスタースーパーは、ヘルメットをかぶると、ため息をついて体を起こした。ライナスの涙《なみだ》ぐんだ目には、その衣装《いしょう》の白と黒がまじりあい、灰色《はいいろ》のもやもやに見えた。


とつぜん、ライナスはミスタースーパーに足りないものに気がついた。鉛筆《えんぴつ》の線だけじゃ十分じゃない。ヒーローには、色をつける必要があるんだ。それも強い、い、い、い、色を！

ライナスは、ベッドにバタンと倒《たお》れて、想像《そうぞう》しはじめた。――ヘルメットは、あざやかな黄色だ。衣装《いしょう》はまっ赤で、青いブーツと手袋《てぶくろ》をつければいい。いや、それより衣装《いしょう》を黄色にしたらどうかな。だったら、ヘルメットはちがう色にしないと……。

そして毛布《もうふ》にもぐりこみ、夢《ゆめ》の世界へ旅立った。

7

新しい部屋に移《うつ》るときには、声変わりしてたらいいんだけど。

ライナスはひそかにそう願っていた。ちびっこたちの部屋で寝《ね》ていたころ、アプケとシモンの部屋から話し声がひそひそと聞こえてくることがあったけれど、ふたりの声が低すぎて、ライナスにはなんの話か、さっぱりわからなかった。ライナスは、これからは自分とシモンが寝《ね》ながらそうやっておしゃべりをするんだ、と思いこんでいたのだ。シモンが上の段《だん》、自分が下の段《だん》に寝《ね》て。

なのに、部屋の引《ひ》っ越《こ》しが終わったあとも、ライナスの声はまえと変わらなかったし、シモンは相変わらず口数が少なかった。木曜の夜、デ・ウィンター夫人の名前が翌日《よくじつ》の配達のリストに載《の》っているのを見て、ライナスはシモンに、月曜日のゴミバケツのことを話してみた。

「いつもそうだ」ベッドに寝《ね》そべったシモンは、天井《てんじょう》を見つめながら答えた。

「で、シモンは、どうしてたの？」と、ライナスはたずねた。

「わかるだろ」シモンは壁《かべ》のほうへ、ごろっと寝返《ねがえ》りをうった。

新聞社の新しい仕事についても、あまり話してくれなかった。

たぶんシモンもアプケがいなくてさみしいんだ、だからあんなに無口なんだ。ライナスは、そう思っていた。でも母さんの意見では、年ごろのせいだという。

「アプケもまったく同じだったわ」

「アプケも？」

ライナスは驚《おどろ》いて声をあげた。母さんはライナスの顔を見て、笑いだした。

「おまえはまだ小さかったから、気がつかなかったのね」

母さんは答えると、シモンをそっとしておいて、といった。

まったく、とライナスは思った。だったら、デ・ウィンター夫人のことは、自力でなんとかしないといけない。弟たちが笑ったり、けんかをしたりする声が聞こえてくると、ちびっこ部屋にもどれたらなあ、という気持ちにさえなった。

金曜の午後の配達からもどると、もうずいぶん遅《おそ》い時間だった。デ・ウィンター夫人は、「戸棚《とだな》の下に鍵《かぎ》を落としたので、動かしておくれ」と、ライナスに頼《たの》んだのだ。ライナスは戸《と》棚《だな》を横にずらしたが、鍵《かぎ》はなかった。ソファのクッションにはさまった鍵《かぎ》を見つけるまで、夫人はライナスを先に行かせてくれなかった。

荷車を店の中に入れたライナスは、母さんの顔を見たとたん、なにか良い知らせがあるのがわかった。

「二階にあがって、見てらっしゃい」母さんは、ほほえんでいった。今週になってから、こんなにくつろいだ表情《ひょうじょう》の母さんを見るのは初めてだった。

居間《いま》に入ると、テーブルの上の花びんに、アプケから届《とど》いた絵葉書が立てかけてあった。ライナスはその絵葉書を手に取った。

愛するみんなへ

無事、訓練キャンプに到着《とうちゃく》。毎日、長時間の行進をしている。足にまめができた。まず最初に習ったのは、寝床《ねどこ》の作り方で、中にもぐりこめないぐらい毛布《もうふ》をピンと張《は》るんだ。家に帰ったら、みんなに教えてあげよう。母さんもびっくりするはず！　続きはまた。

きちんとした寝床《ねどこ》にいる　みんなのアルバートより

食事をはじめるまえに、父さんはその絵葉書をちびっこたちの前で読んだが、食事が終わったあと、また読んでやらなくてはいけなかった。ウィルケとシスは、もう一回、あともう一回読んでと、ねだりつづけた……。「ベッドに入ったら、最後にもう一度、読んでやろう」と、父さんが約束するまで、ふたりはねだるのをやめなかった。

父さんが居間《いま》にもどり、帳簿《ちょうぼ》を手にテーブルの向かい側にすわると、ライナスは漫画《まんが》から顔をあげた。そして深呼吸《しんこきゅう》して、たずねた。

「どうしてうちは、青い星をまだ窓《まど》にだしてないの？」

ライナスは、父さんから母さんのほうへ目を移《うつ》した。母さんはアプケの絵葉書を手に持って、安楽いすにすわっている。母さんには、ライナスの質問《しつもん》が聞こえていないようだった。

父さんは、集中して計算を続けている。経理《けいり》が終わったら、たぶん答えてくれるだろうと、ライナスは思った。

アプケの壮行会《そうこうかい》のとき、近所の人が「ペナント」を一枚《まい》、持ってきてくれた。ペナントというのは赤でふちどりされた五角形の白い旗で、まんなかに、青い星が描《えが》いてある。だれかが兵隊になって戦争に行くと、家族はその旗を窓《まど》にだせるのだ。ライナスはいつもそれを遠くから見ていて、かっこいいなあと思っていた。

ようやく父さんが、下に合計の数字を書きこみ、ページをめくった。

「おまえは、あの旗をだしたいのかい?」

ライナスの質問《しつもん》がたったいまだったかのように、父さんはきいた。ずいぶんへんなことをきくなあと思いながら、ライナスはこう答えた。

「もちろんだよ。アプケが戦争に行ったことを、みんなに知ってもらえるもの」

自分の兄さんも参戦しているのがわかるように、ライナスはペナントをだしたくてたまらないのだ。アプケが行ってしまってから一週間近く経《た》つけれど、あのペナントは、衣装《いしょう》ダンスのひきだしに入ったままだった。

父さんは、ライナスの顔と母さんの顔を見くらべている。

「旗はお祝いにだすものよ。戦争はお祝いじゃないわ」

母さんは、怒《おこ》っているときはいつもそうするように、ひどく静かな口調でいった。そして、絵葉書から顔をあげようとしなかった。

ライナスは、口ごたえせずにいられなかった。

「でもアプケがしているのは、いいことだよね？　ぼくたち、兄さんのこと、誇《ほこ》りに思っていいんだよね？」

「戦争は、誇《ほこ》りに思うことじゃありません。戦争が必要だっていうだけで、もううんざり」

母さんは立ちあがると、アプケの絵葉書を衣装《いしょう》ダンスのひきだしにしまった。青い星の旗が入っているひきだしだ。そして、なにもいわずに部屋を出ていった。

ライナスはため息をついた。母さんが怒《おこ》る理由はわかっていた。それは、アプケが軍隊に行ったからではなく、徴兵《ちょうへい》されるまえに、自分で志願《しがん》して行ったからだった。十八歳《さい》になった日、アプケは登録をしに行った。そのすぐあと、帰ってきて、家のみんなに知らせたのだ。

「登録したって、しなくたって、二、三週間したら徴兵《ちょうへい》されてたよ」と、アプケはいった。

「そんなこと、わかるもんですか！」怒《いか》りのあまり、そのときの母さんは、静かに話すことさえ忘《わす》れてしまった。「もっとあとになったかもしれないわ。毎日毎日、あなたが無事、この家にいてくれるだけで、幸せなのよ」

「ほかの人たちが命がけで戦ってるときに、家でじっと待ってなんかいられない」

「必要以上にはやく行くのは、ばかげてるって、いってるだけでしょ」

そういう母さんを、アプケはきつい目で見つめた。

「だけど必要なんだよ。戦争は、できるだけはやく終わったほうがいい」

正しいことをしたい、それがアプケだった。いつでも、できるだけ正しいことをしたい。だから、ライナスにとってアプケは、自慢《じまん》の兄さんだった。だからライナスは、青い星を窓《まど》にだしたかった。

ライナスは、向かい側にいる父さんを見た。もう一度だけ、きいてみようか? 父さんのほうが話が通じそうだった。

「母さんの考えはわかっただろう、え?」

ライナスより、父さんのほうが先に話しだした。父さんはライナスを見ないで、ほんのちょっと肩《かた》をすくめると、計算の続きをはじめた。

ライナスは、ふうっと、ため息をついた。母さんが毎日、口癖《くちぐせ》みたいにいわなくたって、戦争がお祝いじゃないことぐらい、ライナスにもわかっている。だけど、戦争に行ったアプケを勇敢《ゆうかん》だと思ってもいいはずだ、ちがうんだろうか？

自分の兄さんを誇《ほこ》りに思うのは、まちがったことなんだろうか？

8

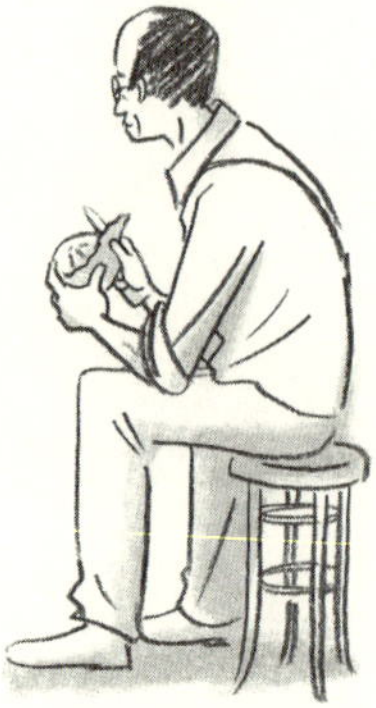

配達をはじめてから二週間経《た》つと、ライナスは荷車を自由自在《じゆうじざい》にあやつって、通行人のあいだを進めるようになった。口笛を吹《ふ》きながら歩道の穴《あな》をよけ、戸口の段《だん》をガタンゴトンと進んでも、トマト一個《こ》、レモン一個《こ》、箱から落とさなかった。

弟や妹の面倒《めんどう》を見ながら家でじっとしているより、毎日午後、外に出るほうが楽しかった。ライナスは自由を感じていたのだ——といっても、しばらくは父さんが書いた道順を守っていたけれど。

月曜日と金曜日は、ひとまわりしたあとに、デ・ウィンター夫人の家に寄《よ》らなければいけなかった。今日は月曜なので、ミスターオレンジのところにも寄《よ》る必要がある。落ちつかない様子に気づいていたのかどうか、デ・ウィンター夫人はライナスを、特別に長くおしゃべりにつきあわせた。でもライナスは、デ・ウィンター夫人のためにちょっとした用事をかたづけるのが、いやではなくなっていたし、ぐちも半分うわの空で聞いてあげた。

(ぼくだって、せまい家に一日中ひとりきりでいたら、悪口を吐《は》きたくなるよ)

ようやく解放《かいほう》されたライナスは、そう考えながら、ミスターオレンジのアパートの階段《かいだん》をのぼっていった。

「八百屋くん、待っていたよ!」

シャツにサスペンダーをつけたミスターオレンジは、たっぷりしたスモックを着ていた前回より、もっとやせて見えた。

「箱はここにおいてくれ」

ミスターオレンジはわきによって、ライナスを中に入れ、台所の中央にある小さなテーブルを指さした。

「ひざの具合はどうだい?」

「だいじょうぶ、すっかり治りました」と、ライナスは答えた。そしてオレンジの箱をテーブルの横においた。それはすごく変わったテーブルで、ライナスはこんなテーブルをいままで見たことがなかった。

「傷《きず》が治ってよかった」

ミスターオレンジはしばらくなにもいわず、考えごとをしながら木箱を見つめていた。

「ごほうびのオレンジを、まだあげていなかったね。今日は投げたりしない。よかったら一個《こ》、皮をむいてあげよう。すぐに先に行かなくちゃだめかい？」

ライナスは首を横にふった。

「今日は、あなたが最後のお客さんです」

「よかった。じゃあ、かけたまえ」ミスターオレンジは背中《せなか》を向けて、戸棚《とだな》の前に立った。ライナスはテーブルに手をかけ、下をのぞかずにはいられなかった。テーブルの脚《あし》は、切れこみを入れた細長い木切れでできている。その脚《あし》と脚《あし》のあいだに横板がわたしてあり、足をかけられるようになっていた。寝室《しんしつ》の家具と同じように、テーブルも白で塗《ぬ》られている。

「自分で作ったものなんだ」ミスターオレンジは、小皿を二枚《まい》、テーブルにおいた。

「キャンバス用の木材と、こわれたデッキチェアを使ってね。木材は曲がっていて、キャンバスが張《は》れなかったんだよ。でもテーブルの脚《あし》にはちょうどいい、そう思わないかい？」

「すごくいいと思います……」ライナスは、両手で脚《あし》をなでた。テーブルはシンプルそのものだったが、念入りに作られているのがわかる。細い脚《あし》は華奢《きゃしゃ》に見えるけれど、頑丈《がんじょう》だった。

ミスターオレンジにそっくりだ、とライナスは思った。

「たまたま身のまわりで見つけたものを、どのくらいちがうことに使えるか、考えるのがおもしろくてね」ミスターオレンジは、満足そうな顔をしている。

「アプケ兄さんも、よくいろんなものを自分で作りました。たとえば、野菜を運ぶための荷車とか。車輪は乳母車《うばぐるま》から取ってきました。だから、そのあと生まれた妹は、荷車に乗せて連れまわしたんです」

少しためらったあと、ライナスはこういいたした。

「兄さんは、いま、戦争に行ってます」

ミスターオレンジは、オレンジに注意をはらいながら、うなずいた。慎重《しんちょう》にナイフで半分に切り、その半分をまた半分に切っている。

ふたりはしばらく、黙《だま》ったまますわっていた。町のけん騒《そう》が、ライナスの後ろにある窓《まど》から部屋の中へと伝わってくる。クラクション、信号の前でとまる車のエンジンの音、人びとが先を争って歩く足音。外の物音のせいで、部屋はいっそう静かに感じられた。ライナスは体を後ろにかたむけ、やせた手が、四分の一になったオレンジをさらにまんなかで切り分けるところを見つめていた。

「どうして、においには名前がないんでしょう？」

深く考えもせず、ライナスはそういった。

ナイフでオレンジの皮をむいていたミスターオレンジは、なにもいわなかったが、眉《まゆ》をわずかに持ちあげた。ボート型のオレンジが八切れ、皿に一列にならんでいる。

ライナスは、ひとりで話を続けた。

「色には、水色、空色、群青《ぐんじょう》とか、いろんな名前があるでしょ。でもにおいには、そんな言葉がないんです」

「きみのいうとおりだ」

ミスターオレンジは、むいたオレンジを皿にならべなおして、ライナスにさしだした。そしてもうひとつオレンジを手に取ると、また切りはじめた。半分、四分の一、八分の一。ライナスはオレンジをひと切れ、口に入れた。沈黙《ちんもく》がずいぶん続いたので、落ちつかなくなってきた。

「うちの父さん、ぼくがそんな質問《しつもん》をすると、いつもため息をつくんです。答えがないことを、きくんじゃないって」

「いや、そんなことはないよ！」ミスターオレンジは人さし指をふる代わりに、ナイフを左右にふった。「すぐに答えがでないからといって、その質問《しつもん》がまちがってるわけじゃない。ただ、きみ自身で答えを探《さが》さなくちゃいけないんだ。そして、新しいなにかの答えを探《さが》す場合は……時間をかける必要がある。さっきの質問《しつもん》も、すごくいい質問《しつもん》だ」

そういって、ライナスをじっと見つめたので、ライナスは居心地《いごこち》悪くなってきた。最後のひと切れをあわてて口につっこむと、ズボンのポケットから注文票を取りだした。

「父さんが、ほんとのお名前を教えていただきたいといってます。紙に書いてあるサインが読めなくて」

ライナスは、注文票をまっすぐのばそうとした。

「ほんとの名前？」ミスターオレンジの両方の眉《まゆ》が、眼鏡《めがね》の上までつりあがる。

ライナスはちょっと迷《まよ》ってから、「ぼくたち、お客さんのことを、ミスターオレンジって呼《よ》んでます」と説明し、そのあと注文票をテーブルにおいた。すると、ミスターオレンジは笑いだし、ずいぶん明るい表情《ひょうじょう》になった。

「あだ名をつけられたのは、これが初めてじゃない」といいながら、その紙を手もとにひきよせた。「うちの弟は、わたしをネボスケと呼《よ》んでいるよ」

ネボスケ？　ミスターオレンジは眠《ねむ》そうな顔なんて、ぜんぜんしてないのに。

「わたしは、夜中まで絵を描《か》いているのが好きなんだ」ミスターオレンジは、ライナスが目を丸くしているのに気がついて、ほほえんだ。「それで、朝起きるのも遅《おそ》いってわけだ。ネボスケというのは、『白雪姫《しらゆきひめ》』にでてくるこびとの名前だ。ディズニーのアニメーション映画《えいが》を見たことあるかい？　すばらしいよ。わたしは何度も見に行った」

ライナスは、首を横にふった。

「でも、ぼく、漫画《まんが》のことなら知ってます。スーパーマンとか。スーパーマンは別の惑星《わくせい》からやってきて、そして、あなたの色と同じなんです」

「わたしと同じ色？」

ミスターオレンジは、けげんそうに首をかしげた。

「強い色のことです……こないだ、ぼくが入れてもらった部屋の色なんです」

ライナスは体がほてるのを感じた。すべて、自分の勝手な想像《そうぞう》じゃなかったかと、不安だった。

「ああ、きみがいってるのは、原色のことだね」

ミスターオレンジは、胸《むね》ポケットから鉛筆《えんぴつ》を一本取りだした。

「ほかの色は全部、あの三つの色を使って作れるので、原点の色、原色って名前がついている。でもね、わたしは三つの色をまぜないで、そのまま使っているんだよ」

ライナスは、夢中《むちゅう》で身をのりだした。

「アルバート兄さんも絵が得意だったんです。ミスタースーパーっていう、自分だけのヒーローを創《つく》りだして、そのヒーローが悪をやっつけようと戦ってるんです。戦争をやっつけようと」

「せんそーう……を、やっつける」ミスターオレンジは、「戦争」という言葉を長くのばしていった。「そりゃあいい」

「ぼく、兄さんが帰ってきたら、原色のことを教えてあげます。兄さんのヒーローも、その色にしたらいいと思うんです」

ミスターオレンジは注文票に書きこみをして、ライナスのほうへもどした。

「ところで、きみの名前は?」

ライナスは自分の名前を告げた。

「会えてうれしいよ、ライナス」

ミスターオレンジは立ちあがると、帽子《ぼうし》を持ちあげてあいさつするしぐさをした。ライナスも注文票を手に取って、立ちあがった。

「ぼくも、お知りあいになれてうれしいです……」

ライナスは紙に書かれた名前を見た。でも、おぼえるのが難《むずか》しい名前だった。

「……ミスターオレンジ」そういうと、ドアノブをにぎった。

「だって、この呼《よ》び方が、あなたにぴったりだから」

背中《せなか》を向けたライナスは、急に恥《は》ずかしくなって、急いで階段《かいだん》をかけおりた。靴《くつ》がドタドタと大きな音をたてたので、ライナスにはミスターオレンジの笑い声がほんとうに聞こえたのか、それともただの想像《そうぞう》だったのかどうか、わからなかった。

9

「リジーのプレゼントを考えないと」

夜、母さんは、ため息をついて、テーブルの前で帳簿《ちょうぼ》をつけている父さんにいった。母さんの手は、ワンピースのすそを直している。妹のシスを、本当の名前で呼《よ》ぶのは母さんだけだ。シスの誕生日《たんじょうび》は、次の日曜日だった。

「パーティ？」母さんは縫《ぬ》いものから顔をあげていった。「わたしの話を聞いてる？」

父さんは、またもや計算の真っ最中だ。

ライナスは漫画《まんが》を下におろした。そして、ミスターオレンジの家の一階にある店のことを思いだした。〈骨董品《こっとうひん》〉と、ドアの上に看板《かんばん》がでている店だ。ライナスは先週、たまたまショーウィンドウの中の小さなオルゴールを見かけていた。内側はつやつやした白い布《ぬの》におおわれ、まんなかにはくるくる回る小さな人形がついたオルゴールだ。その人形が、シスの踊《おど》る姿《すがた》にそっくりだった。シスは両腕《りょううで》を頭の上にあげ、めまいがするまでぐるぐる踊《おど》るのが好きで、ひっくりかえるたび、かならず大声で笑いころげるのだ。

ライナスが立ちどまって、そのオルゴールを見ていると、お店の人がやってきた。もう閉店《へいてん》の時間だった。お店の人はふたを大事に閉《し》めると、秘密《ひみつ》を分かちあうような目でライナスを見つめた。まるで、(この世でわたしとあなただけが、見た目はなんでもないこの箱の中に、特別なものがあることを知ってるのよ)といっているようだった。

「ぼく、シスにいいものを知ってるよ、たぶん」と、ライナスはいった。

母さんはいすからとびあがり、驚《おどろ》いた顔でライナスを見つめた。父さんでさえ、帳簿《ちょうぼ》から目をあげて、こっちを見ていた。

「ライナス・ミュラー、あなたはたいしたものよ」

次の日、母さんはライナスとならんでショーウィンドウの前に立ち、そういった。そして、ふしぎそうな目でライナスを見つめた。(この子の知らなかった部分が初めてわかったわ)というような目だった。ふたりは連れだって、店に入った。母さんは値段《ねだん》にびっくりしていたが、少しためらったあと、お財布《さいふ》を取りだした。

「だって、ライナスが見つけたものだし」と、母さんはウィンクしていった。「それにリジーに、ほんとにぴったり。わたしたちみんなからのプレゼントになるわ」

10

親愛なるシスへ
二歳《さい》の誕生日《たんじょうび》、おめでとう！　このカードはシスのために特別に選んだ。いい日になるといいな。いっしょにいられなくて、残念だよ。
こっちは、すべてうまくいってる。いまでは、およそ一分以内で銃《じゅう》を組み立てられるようになった。腕立《うでた》てふせや腹筋《ふっきん》も、何回やったかわからなくなるくらい、やっている。兄ちゃんはスーパーマンみたいな筋肉《きんにく》になってきたぞ！　森のまんなかにいると、あたりがあんまり平和で静かで、休暇中《きゅうかちゅう》だって思えるぐらいだ。でも毎日のメシがまずいおかげで、そんな夢《ゆめ》もみていられず、自分たちがなんでここにいるのか忘《わす》れないですむ。予定よりはやく、ヨーロッパの前線に行けそうだっていうけど、ただのうわさ話かもしれない。

シス、おれの分までケーキを食べてくれ。ひと切れ余分《よぶん》に、ちょっとでっかいとこを！

愛をこめて　アルバート

絵葉書の表側は、軍艦《ぐんかん》の写真だった。シスは日曜日のあいだじゅう、その絵葉書をもって歩きまわった。でも来た人みんなに見せているうち、絵葉書はくちゃくちゃになり、シスの手が届《とど》かないように、父さんが衣装《いしょう》ダンスの上にのせてしまった。

そのあと、シスは、オルゴールに夢中《むちゅう》になった。ふたをあけるたび、何度でもくりかえし、同じメロディーが流れてくる。聞けば聞くほど、ライナスはうんざりしてきて、オルゴールを選んだことをはやくも後悔《こうかい》していた。

ライナスは、窓《まど》の外をながめた。もうすぐ夕方だったけれど、今日は一日、外に出ていない。きのう、道の売店にアクションコミックスの最新号がならんでいるのを見かけたので、買いに行きたくてたまらなかった。呼《よ》び鈴《りん》がなり、思いがけずお客さんが来たのと入れかわりに、ライナスは急いで外に出た。ほっとして、息をついた。

（まずリアムが家にいるかどうか、見にいこう。それからいっしょに売店に行くんだ）

「アプケはどう？」

ライナスが、もつれた靴《くつ》ひもを結びなおすリアムを待っていると、ロージーがたずねた。

ロージーはこのごろ、ライナスにあまりきついことをいわなくなった。それはまちがいなく、軍隊に入った兄さんのおかげだった。

「ちょうど、知らせが来たとこだよ」ライナスは緊張《きんちょう》を高めようと、少し間をあけた。

「一分以内に、銃《じゅう》を組み立てたり、ばらしたりできるようになったんだ」

「銃《じゅう》？」ロージーの目が大きく開く。

「じゃなかったら、兄さんたちがなにを使うんだと思ってた？　ほうきの柄《え》とか？」

リアムがようやく、靴《くつ》をはいた。

「一分以内にか？」

ライナスを外へひっぱりだしながら、リアムがたずねた。ライナスはうなずいた。誇《ほこ》らしさのあまり、体が熱くなった。

「それも、暗やみのなかでだよ！」

ドアが閉《し》まるまえに、ロージーに聞こえるよう、ライナスは早口でいいたした。アプケのことを話しだすと、いおうと思っていたのと別の言葉が、次々と口からでてしまう。でも……暗やみの話はほんとじゃないけど、とライナスは階段《かいだん》をおりながら考えた。——兄さんならすぐにできるようになる。そしたら、うそじゃなくなるもの。

「で、ハロウィンのことは、もうきいてくれたか？　来週の月曜日だぞ」

リアムはライナスの体を軽く押《お》し、先に走っていく。

「うん、かまわないって！」

きかれるまで忘《わす》れていたけれど、ライナスは今年初めて、リアムとふたりでハロウィンに行くことをゆるしてもらったのだ。ふたりは、毎年いっしょに「トリック オア トリート」といいながら、近所をまわっていた。でも、いままでは、ちびっこの弟たちを連れていかなければいけなかった。ライナスは文句《もんく》をいいつづけ、今回は母さんが、弟たちを連れていくことになったのだ。

二番街の売店に着くと、アクションコミックスは、もう売り切れだった。

「戦争になってからというもの、あの雑誌《ざっし》は、すぐにはけてしまってね」と、売り子は満足そうにいった。その先のパーク街の角まで走っていくと、そこの売店には運よくまだ残っていて、ライナスはアプケから預《あず》かったお金を取りだして、支払《しはら》いをすませた。そして、リアムとふたりでベンチに腰《こし》をおろした。

表紙は、バイクに乗ったアメリカ兵が、炎《ほのお》の最前線に向かって走る姿《すがた》だ。素手《すで》に手りゅう弾《しゅだん》をにぎったスーパーマンが、アメリカ兵の横を飛んでいる。

「ハロウィンだけど……ロージーがおれたちといっしょに来たら、いやかい？」

息をきらしながら、リアムがそうきいた。

（ロージーがいっしょに来たいって？）

ライナスは横目で、リアムを見つめた。

「それって、冗談《じょうだん》？」

「おれだって、やなんだ」リアムは申《もう》し訳《わけ》なさそうにいった。ライナスの言葉を誤解《ごかい》したのだ。

「でも、おやじに約束させられちゃって」

「かまわないよ」ライナスはできるだけ、なんでもないふりをして答えた。

「よかった。じゃあな、急いで帰らないと」

リアムはほっとした声をだし、元気よく立ちあがった。

「月曜日は何時に約束する？」

ライナスは、リアムの後《うし》ろ姿《すがた》に声をかけた。リアムはなにか答えたけれど、町の騒音《そうおん》にかき消されて聞こえなかった。やっぱりそうだ、とライナスは思った。兄さんが軍隊に入ったせいで、ロージーの態度《たいど》だって変わるんだ！　そしてアクションコミックスをまるめて持つと、腰《こし》をあげた。来週の月曜日が、とつぜん、ひどく待ち遠しくなってきた。

11

「お届《とど》けにあがりました」

ミスターオレンジの台所のドアは、大きく開いている。ライナスは木箱を下におくと、中をのぞきこんだ。

「ライナス！」ミスターオレンジが、台所の奥《おく》のドアから顔をだして、ライナスを手招《てまね》きした。

「きみの木箱でなにを作ったか、見においで」

ライナスは台所を通って、奥《おく》のドアを大きく開けた。でも戸口のところで立ちどまった。木を張《は》っただけの床《ゆか》が広がっていたからだ。そこはほとんど空っぽの空間で、壁《かべ》にくっつけて、いすや小さな机《つくえ》がぽつんぽつんと、置いてあるだけだった。部屋には、大きな三つの窓《まど》から、日の光がさんさんと降《ふ》りそそいでいる。日の光はみがきこんだ床《ゆか》に反射《はんしゃ》して、まっしろな壁《かべ》に当たり、ライナスを明るく照らすようだった。

そして、どこを見ても、色を塗《ぬ》った四角形が目に入った。このあいだの部屋より、四角はもっとたくさんあった。大きいのや小さいの、一個《こ》だけのや、いくつかまとまった四角が、色のついた雲のように浮《う》かんでいた。ライナスが何歩か前に進むと、自分のまわりで、その四角全部が動いている感じがした。なのに、ここはすごく静かだと、ライナスはびっくりしながら思った。

「悪くないだろ？」

ミスターオレンジは左手を腰《こし》にあて、右手には煙草《たばこ》を持って、小さな白い棚《たな》の横に立っている。

「絵の具とパレットナイフを入れるのに、ぴったりなんだ」

そして、棚《たな》の側面をコンコンとたたいた。

それがオレンジの木箱だとライナスが理解《りかい》するまで、しばらくかかった。

ミスターオレンジは、木切れをつかっていくつかの箱をくっつけ、あいだに棚板《たないた》をつけたのだ。棚《たな》には、細い筆や太い筆を花束みたいに入れたガラスびんが、置いてあった。

「わずかずつだが、少し整ってきたと思うんだ」

ミスターオレンジは部屋のまんなかに向かって歩き、その部屋をぐるりと見わたした。そして「どう思う――見られるようになっているかい？」と、首を少しかたむけてたずねた。

ライナスは言葉を探《さが》した。

「ここは、なんていうか……陽気な感じがします。まるでダンスホールみたいです」

すると、ミスターオレンジは笑いだした。

「ダンスホールで絵を描《か》いてるってわけか。だったら、音楽がないと！」

そういって、うれしそうに両手をこすりあわせた。

ミスターオレンジは、赤い箱のおいてある小さな机《つくえ》のほうへ行った。その箱はふたをあけると、蓄音機《ちくおんき》になっていた。ライナスの家にはラジオしかなかったけれど、リアムの父さんは蓄音機《ちくおんき》をもっていて、日曜日の昼にはそれをかけてくれる。甲高《かんだか》い女の人の声が聞こえてくると、ライナスは鳥肌《とりはだ》が立つぐらいぞくぞくするのだ。

「未来には、だれもがみんな、こんなふうに暮《く》らせるはずなんだ」

ミスターオレンジは煙草《たばこ》を口のはしにくわえると、大事そうにレコードのジャケットをふって、中からつややかな黒いレコードを取りだした。

「だれもがみんな、ですか？　こんなに……陽気に？」

ライナスが目を丸くしてたずねると、ミスターオレンジはほほえんだ。

「こんなのは、好きかい？」

そして口から煙草《たばこ》をはずすと、レコードのほこりを吹《ふ》きはらい、回転盤《かいてんばん》にのせた。

「未来はなにもかもちがってくる。たとえば、絵画だって時代遅《おく》れになる」

そういって、壁《かべ》にずらりと立てかけてある絵の列のほうへ顔をやり、首をふった。枠組《わくぐみ》が入った後ろ側しか見えなかったが、ライナスにはもう、それがキャンバスの木枠《きわく》だとわかっていた。

「もし、自分のまわりのもの同士をうまく調和させ、部屋に調和させることができたら、部屋全体が美しくなる。きみがいうとおり、陽気な感じになるわけだ。そしたら、一枚《まい》一枚《まい》の絵はいらなくなるんだよ」

ライナスはあたりをみまわし、日の光に照らされた小さな四角をながめた。色のついたたくさんの四角は、絵の具の点々のようだ。そしてその点々をつけた「絵」のほうは、人が中に入って歩きまわれるほど、大きなものだった。

「部屋中が、絵なんですね……」

ライナスはほかの部屋のことも思いだした。

「っていうか、家中が！」

「まさに、そのとおり」ミスターオレンジは、レコードにレコード針《ばり》をのせた。

「だったら、家だけで、おしまいにしなくてもいいだろ？　ひょっとしたら未来には、町中を一枚《まい》の大きな絵にできるかもしれない。その絵のなかでは、すべてが絶《た》え間《ま》なく変わっていくんだ」

ミスターオレンジは、手を軽くたたいた。

「で、オレンジはどこだい？」

ライナスが答えるまえに、音楽があふれだした。ミスターオレンジはライナスの先にたって、台所へもどっていく。歩きながらへんてこなステップをしてみせたが、あんまりすばやかったので、ライナスは自分がほんとにステップを見たのか、確信《かくしん》がもてなかった。

「この音楽を知ってるかい？　ブギウギっていう、とびきり新しい音楽だ。まさに未来の音楽なんだよ！」

ライナスは未来の都市を想像《そうぞう》してみた。ミスターオレンジの色で塗《ぬ》られた町、そしてこんな音楽の流れている町。「ブギウギ」という、この陽気な音楽の名前を聞いただけでもうれしくなる。赤、青、黄の原色にぴったりの音楽に、壁《かべ》についた四角形まで踊《おど》りだす。だれもが踊《おど》りだしたくなる音楽だった。

この人のいう未来が、いまここで起きていることに似《に》ているなら、はやくそんなふうになってほしいなあ——ミスターオレンジの後ろを歩きながら、ライナスは思った。

台所のテーブルには、小皿が二枚《まい》用意してあった。横にはナイフも添《そ》えてある。

「このオレンジが、わたしの健康にいいんだ」

ミスターオレンジは、新しい木箱からオレンジを二個《こ》取りだすと、煙草《たばこ》を口からはずして咳《せき》こんだ。

「わたしみたいに、煙草《たばこ》をたくさん吸《す》うものは、たくさん果物を食べないと」

そういってから、オレンジを皮ごと半分に切った。

ライナスは、ミスターオレンジの顔に笑いが浮《う》かぶかどうか、確《たし》かめようとした。口のはしがちょっと持ちあがったので、たぶん笑ったのかもしれない。でも、さっきの話が冗談《じょうだん》だったのかどうかよくわからなかった。

ミスターオレンジはまるで手術《しゅじゅつ》をしているような手つきで、オレンジをさらに半分に切った。音楽のリズムにあわせてひじを少し外につきだしたり、ひっこめたりしながら。そのぎくしゃくした動きは、なんだかペンギンみたいだった。ライナスは笑わないように顔をそらし、ドアのむこうのアトリエをのぞきこんだ。

「もし、みんなが絵をほしがらなくなったら、あなたはどうするんですか？」

ライナスはたずねた。

「そうなるまで、まだだいぶ時間がかかる！」

ミスターオレンジは手に持ったナイフで、遠くにあるものを指した。「しばらくは探《さが》し求《もと》めるつもりだよ。常《つね》に新しいことを試してね」そして、肩《かた》をすくめた。

ライナスは壁《かべ》に残る無数のくぎ跡《あと》のことを思いだした。あの穴《あな》を見れば、ミスターオレンジがどんなに懸命《けんめい》に、探《さが》し求《もと》めてきたかがわかる。ライナスは、八等分したオレンジを、ひとつずつばらしている細い指先を見つめた。

でも、あとどのくらい、探《さが》しつづけるんだろう？

「その未来を、わたし自身は経験《けいけん》できないと思う。でもたぶん、きみなら将来《しょうらい》、経験《けいけん》できるんじゃないかな」

まるでライナスの考えが聞こえたみたいに、ミスターオレンジは口を開いた。

「将来《しょうらい》って、どのくらい先ですか？」

ライナスはたずねた。これからずいぶん待たなくてはいけないようだった。

「だったら、あなたは、自分の役に立たないことのために、ずうっと働いてきたんですか？」

「そのとおり！」ミスターオレンジはライナスの質問《しつもん》に、ぜんぜん気を悪くしていなかった。ぶ厚《あつ》い眼鏡《めがね》の奥《おく》で、両目がかがやいている。

「こうしたことは、長いプロセスなんだ。わたしが生まれるまえからはじまっていて、このあともずっと続いていく。もっともっと大勢《おおぜい》の人の努力が必要で、そこがまさにすばらしいところなんだよ」

音楽が終わった。と同時に、呼《よ》び鈴《りん》が鳴った。まるで、レコードが終わるのを行儀《ぎょうぎ》よく待って、呼《よ》び鈴《りん》を鳴らしたようだった。

「わたしのお客が来た」

ミスターオレンジは、ドアを開けようと玄関《げんかん》へ向かった。下で建物のドアが開く音が響《ひび》き、足音が階段《かいだん》をかけあがってきた。

「ライナス、友人のハリーだ。これから食事に誘《さそ》われていてね」

最後の言葉は咳《せき》の発作と重なり、ハリーという名前の男の人は、ミスターオレンジの背中《せなか》をやさしくたたいていた。ミスターオレンジより、ずいぶん年下の人だった。

「ハリー、ライナスを紹介《しょうかい》しよう。ぼくの健康を守ってくれる少年だよ」

咳《せき》がとまると、ミスターオレンジはそういった。

「この広いニューヨークのなかで、最高のオレンジを届《とど》けてくれる。そして、ぼくのことをミスターオレンジと呼《よ》ぶんだよ。なかなかいい冗談《じょうだん》だろ？」

「ああ確《たし》かに。ミスターオレンジは、決してオレンジ色を塗《ぬ》らないことを考えるとね」

ハリーは、そう答えた。

「それに、この広いニューヨークのなかで、最高の質問《しつもん》をしてくれるんだ」

ミスターオレンジは、オレンジの皮をひとつテーブルからつまみあげた。

「たとえばライナスは、『どうしてにおいをあらわす言葉がないんですか？』って、質問《しつもん》してくる。きみなら、どう答える？」

「ぼくなら……なるほどいい質問《しつもん》だ、って答えるな」

ハリーはライナスのほうへ、ウィンクしてみせた。

ライナスはちょっとてれ笑いを浮《う》かべ、「家に帰ります」と立ちあがった。

ハリーは、ライナスの手をしっかり取って、握手《あくしゅ》した。

「ごくろうさま、ライナス。これからも頼《たの》むよ」

ライナスはうなずいた。でもハリーが、オレンジの配達のことをいっているのか、もっと質《しつ》問《もん》を考えなさいといっているのか、よくわからなかった。

ミスターオレンジは「じゃあ、また今度」とあいさつすると、自分のスモックを指さした。そして、「外出着《がいしゅつぎ》を、探《さが》さないといけないんでね」とくちびるをまるめていい、「がいしゅつぎ」という言葉を、できるだけ気取って発音した。

ライナスはほほえみ、手をあげて別れを告げると、階段《かいだん》をおりていった。足どりがゆっくりなのは、いろんなことを見たり聞いたりしたせいで、頭を重たく感じていたからだ。教わったばかりの、いままでとはちがう考え方を、ライナスは頭の中でごちゃまぜにしたくなかった。あとでまた取りだして、あらゆる方向から考えなおせるように、そのまま取っておきたかった。

12

でも家では、新しい考え方など、思いだしていられなかった。食事のあいだ、オルゴールをさわらせてもらえないシスは泣きつづけているし、ウィルケとマックスは、いつも遊びに使っている鉛《なまり》の兵隊のことで、けんかをしていた。兵隊はもともとウィルケの持ちものだった。

「マックス兄ちゃんがぼくの兵隊を隠《かく》した」と、ウィルケはいいはり、マックスはマックスで、「ぼくが一番年上で、ちびっこ組の親分なんだ。親分は兵隊なんか盗《ぬす》むもんか」と、さけんでいた。

食事のあと、ライナスは自分の部屋に逃《に》げこみ、ベッドのふちに腰《こし》をおろした。外ではだれかが乱暴《らんぼう》にドアを閉《し》め、ウィルケはさけび、シスは泣きわめいている。午後に感じた軽やかな気持ちは、どこかにいってしまった。

ライナスはため息をつき、あおむけに寝《ね》ころんだ。背中《せなか》がちくりとする。毛布《もうふ》の下を手で探《さぐ》

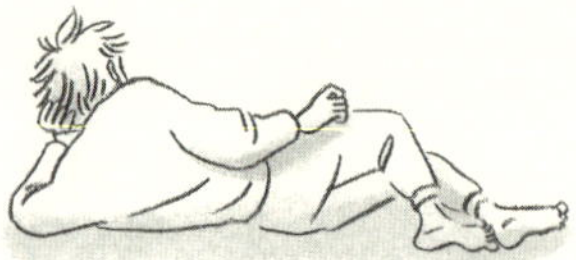

ると、鉛《なまり》の兵隊がでてきた。ライナスは、むっとして起きあがった。シモンとライナスは、マックスとウィルケに、この部屋では遊ぶなと何度もいいきかせてきたのだ。ライナスは居間《いま》にもどり、見つけた鉛《なまり》の兵隊を、ウィルケの目の前でカチンとテーブルに置いた。マックスとウィルケのほうはそれで静かになったが、その静けさを待っていたように、シスがまたわーんと泣きだした。

ライナスは自分のベッドにもどり、ごろりと寝返《ねがえ》りをうって壁紙《かべがみ》を見つめた。家中に同じ壁紙《かべがみ》が貼《は》ってある。ミスターオレンジの家に行くまえは、壁紙《かべがみ》に注意をはらったことなんか、一度もなかった。ライナスはいま初めて、深緑《ふかみどり》の葉っぱと赤い花の模様《もよう》がどんなに目ざわりでうるさいか、気がついたのだ。

未来には、だれもがみんな、こんなふうに暮《く》らせるはずなんだ。……でもたぶん、きみなら将来《しょうらい》、経験《けいけん》できるんじゃないかな。

ミスターオレンジはそういっていたっけ。

すると、シモンが部屋にとびこんできて、ドアを後ろ手にバタンッと閉《し》めた。ライナスは起きあがっていった。

「この部屋を、かっこよくするアイデアがあるんだ。壁《かべ》を白く塗《ぬ》ってもいいか、きいてみようよ」

「白く塗《ぬ》る？」シモンは、くさいにおいをかいだような顔つきをした。そして、「いったいなんのために？　ここは病院じゃねえんだぞ」といいながら、ドアのフックめがけて、上着を放りなげた。上着はドアにぶつかり、ぐしゃりと床《ゆか》に落ちた。それからシモンはライナスのマットレスの上に立ち、勢《いきお》いよく体をゆらして、ベッドの上の段《だん》に入った。二段《だん》ベッド全体がきしみ、シモンが動くたび、ライナスの体もゆれた。

「塗《ぬ》ったら、この部屋もずいぶん明るくなるよ。広く見えるし」

ライナスは、シモンにミスターオレンジのことを話したほうがいいのかどうか、迷《まよ》っていた。

「ばかみたいなアイデアだな。広く見えたって、見えなくたって、どうだっていいじゃないか」

シモンが上でどさっと寝《ね》ころぶと、シモンのマットレスがまんなかで折れ、ライナスはぶつからないようにあわてて下のベッドに横になった。

「この部屋を、ほんとに広くさせる方法を思いついたら聞かせてくれ」

シモンのぬいだ靴下《くつした》がひとつずつ、下に落ちてくる。かたほうはライナスの毛布《もうふ》の上に落ち、ライナスはそれを指でつまみあげると、できるだけ遠くに放った。

（アプケなら、いいアイデアだって、思ってくれたはずなんだ。アプケになら、ミスターオレンジのことを話せたのに）

ライナスは散らかった部屋を見ないですむように、寝返《ねがえ》りをうった。

目をつぶると、色のついた四角形がただよっていく。次第に、シスの泣き声も気にならなくなり、シモンの靴下《くつした》のにおいも消えていった。

13

「郵便《ゆうびん》だよ！」インディアンの羽飾《はねかざ》りをななめにかぶったウィルケが、階段《かいだん》の上に立って、おもちゃの斧《おの》をふっている。

「アプケから？」ライナスは、店でお客と話している父さんのほうをふりかえった。（はやく見に行きなさい）と、父さんの目がいっている。

ライナスは荷車をいつもの場所におくと、階段《かいだん》をかけあがった。その日はハロウィンの月曜日だったけれど、ライナスは遅《おそ》くに帰ってきた。鍵《かぎ》をまたなくしたデ・ウィンター夫人に、戸《と》棚《だな》を動かしてほしいといわれたからだ。そしてようやく鍵《かぎ》を見つけたのは五時近くで、しかも鍵《かぎ》はいつもの戸棚《とだな》ではなく、別の戸棚《とだな》の下にあった。

「自分で読みなさい」

母さんはライナスに手紙を渡《わた》したが、読みあげてくれなきゃいやだと、弟たちは大騒《おおさわ》ぎしていた。

愛する母さん、父さん、シス、そして弟たちへ

出発を知らせるために、夜遅《おそ》いけど、手紙を書くよ。実際《じっさい》、思ったより出発がはやかったんだ。これを書いているいま、実はうちのみんなのすぐそばにいる。おれの乗ってる軍用トラックは、列を作り、すごい音をたててブルックリンを走ってるんだ。船の待つターミナルをめざしてね。おれたちはもう大騒《おおさわ》ぎだよ！　おれにいわせたら、戦争が続くかぎり、この町にいたってだれも枕《まくら》を高くして眠《ねむ》れない。あと数時間で船は出る。家のみんなが目をさますころには（もちろん、父さんはみんなよりずっとはやくに起きるけど）、もう航海のまっただなかだ……。

いつもみんなのことを思っているよ。

とりいそぎ、アルバート

ＰＳ　母さん、ケーキをありがとう。ほかのみんなも、お礼をいいたいって。だけど、あれは、おれたちの体に悪いよ。おいしすぎて、指まで食べちまったもの。

「これで兄さんは、ほんとに、ほんとに行くんだね！」

ウィルケは羽飾《はねかざ》りをまっすぐにかぶりなおし、斧《おの》をふりまわした。マックスは、黒い魔法使《まほうつか》いのマントを肩《かた》にかける代わりに頭にかぶり、ひらひらさせながら、居間《いま》を走りまわっている。頭にかぶるはずの黒いシルクハットは、いすに置いたままだ。去年の魔法使《まほうつか》いはライナスで、あのシルクハットがきつくて耳が痛《いた》かったことも覚えていた。

これでほんとに行くんだと、ライナスも思った。アプケ兄さんは船に乗り、ヨーロッパへ行く途中《とちゅう》なのだ。ライナスは、テーブルのまわりで追いかけっこをしているウィルケとマックスを見つめた。頭の中がまっしろで、なにも想像《そうぞう》できなかった。

「アッペ、アッペ！」

シスがテーブルの上で踊《おど》っている。母さんはシスの足をにぎって、うさぎの衣装《いしょう》を着せようとしていたが、あきらめて、シスが踊《おど》りつかれるのを待っていた。母さんは眉《まゆ》をしかめながら、ライナスに笑いかけた。でも、その笑いは弱々しかった。

「急ぎなさい」

母さんが、時計に目をやりながらいった。もうすぐ五時半だ。ライナスは、変装用《へんそうよう》の服が入っている衣装箱《いしょうばこ》をのぞきこんだ。海賊《かいぞく》とカウボーイと、どっちにしようか。

外はもう暗くなりかけている。ライナスは海賊《かいぞく》の帽子《ぼうし》を頭にかぶり、走りながら、黒い眼帯《がんたい》のひもを耳の後ろで結ぼうとした。でも、ひもが結べないうちに、リアムの家に着いてしまった。

呼《よ》び鈴《りん》を鳴らすよりまえに、玄関《げんかん》のドアが開き、両目のぎょろりとしたオオカミの頭がにゅっとあらわれた。

「遅《おそ》すぎ!」リアムの声が、オオカミの仮面《かめん》のなかから聞こえた。

「アプケから、ちょうど手紙が来たんだ。ヨーロッパへ向かう途中《とちゅう》なんだって」

そう自分でいっても、そのことが、ライナスにはまだしっくりこなかった。

「ヨーロッパですって? アプケはパリに行くと思う?」

ロージーがたずねた。ロージーは魔女《まじょ》の帽子《ぼうし》と、かつらのついた仮面《かめん》をつけている。仮面《かめん》もみにくい魔女《まじょ》の顔だ。ロージーの本物の口が、魔女《まじょ》の口の下からのぞき、歯が二列見えた。一列はでこぼこした乱《らん》ぐい歯《ば》、もう一列はきれいに整った歯だった。

「バカンスに行くわけじゃない。戦争に行くんだって、ロージーもわかってるだろ!」

オオカミが頭をふりながらいう。

「みんなはいま、大海原《おおうなばら》を航海してるんだ」

ライナスはそういうと、リアムに眼帯《がんたい》を渡《わた》し、結んでもらえるように背中《せなか》を向けた。

「それで、海賊《かいぞく》の衣装《いしょう》を着てるのか？」

ロージーのあとから、ジョージ・マッケンナが外に出てきた。

「おまえに手こぎボートを見つけてやるよ、そうすりゃ、兄ちゃんのあとを追っかけていけるぞ」

マッケンナは両手を上着のポケットにつっこんで、ロージーの横に立ち、得意そうな顔をしている。

「そんなにいじわるしないでよ、ジョージ。自分はまだ変装《へんそう》もしていないくせに」

ロージーはマッケンナをつついたが、その顔は笑っていた。

「変装《へんそう》なんて必要ない。おれは地のままで、じゅうぶん、おっかないぞ！」

マッケンナはうなり声をあげ、かぎづめみたいに手をふりかざした。悲鳴をあげて逃《に》げるロージーを、マッケンナが追いかけた。

「あいつ、ここで、なにしてんの？」ライナスは、リアムの腕《うで》をたたいた。

「ロージーもいっしょに来るって、いっただろ？」

リアムは、あたりがよく見えるように、オオカミの仮面《かめん》を持ちあげて答えた。

「おやじたちから、ジョージとふたりで、でかけちゃいけないっていわれたんだよ」

「確《たし》かにロージーが来るっていってたけど、マッケンナのことは、なにも聞いてないよ」

ライナスはリアムを見つめた。

ジョージ・マッケンナは、シモンとほぼ同じ年だったが、二回落第している。だからいまは、ロージーと同じクラスなのだ。マッケンナは、学校中で一番感じの悪いやつだった。なんでロージーが、マッケンナとつきあう気になったのか、ライナスには理解《りかい》できなかった。

「どうにもできなかったんだ。そんなのいやだって、簡単《かんたん》にはいえないだろ？」

リアムはライナスの腕《うで》を引っぱって、先へ行こうとする。

「初めから、いってくれればよかったのに」と、ライナスは、その手をふりほどいた。

「そしたら、おれといっしょにハロウィンに行ったか？」リアムは、いいわけのようにきいた。

「もちろん……行くもんか！」

ライナスはだれに腹《はら》を立てていいのか、わからなかった。このことを黙《だま》っていたリアムに？

それとも、ロージーはぼくたちといっしょに来たいんだと思いこんだ、ばかな自分自身にだろうか？　海賊《かいぞく》の帽子《ぼうし》をかぶり、眼帯《がんたい》をつけた自分が、とつぜんものすごいまぬけに思えた。

「あんまり気にするなよ！　あのふたりのことは無視《むし》すりゃいい。おれなんか、家の中で、あのばかといっしょに一時間も待たされたんだぜ。おまえが、あほみたいに遅刻《ちこく》したから」

リアムがいう。

「いい気味だ」

眼帯《がんたい》をつけているライナスは、片目《かため》だけで、できるだけ怒《おこ》った顔をしてみせようとしたが、リアムがその顔を見てふきだした。ライナスもだんだん、なんで怒《おこ》っていたのかわからなくなり、リアムをわざと強く押《お》した。それからふたりは、ほかの子たちに追いつこうと、連れだって走りだした。

道は人通りが多かった。ふたりと似《に》たような子どもの小さなグループが、家から家へとまわっている。そして、子どもたちのあいだをぬって、兵隊たちがカフェからカフェへと千鳥足で歩いていた。その兵隊たちは、休暇中《きゅうかちゅう》なのかもしれないし、もしかしたらヨーロッパへ行く船を待っているところなのかもしれない。

ドアの前で歌を歌うと、ほとんどの家では、なにかごほうびをもらえた。歌うたびに、ライナスとリアムは歌詞《かし》を変え、しまいにはなんの歌なのか、さっぱりわからなくなってきた。ふたりの袋《ふくろ》は、すぐにお菓子《かし》や果物でいっぱいになった。ロージーとマッケンナはずいぶん後ろにいて、リアムのいうとおり、気にしなければそれでよかった。

ふたりは、あるおじいさんの家で呼《よ》び鈴《りん》を鳴らした。でも、おじいさんは歌のことを予想していなかったみたいで、家の中にのろのろと姿《すがた》を消した。ライナスたちは顔を見合わせて肩《かた》をすくめ、歌いつづけた。三回、歌い終わったとき、おじいさんがようやくもどってきて、ロージーとマッケンナもライナスたちに追いついた。マッケンナは無造作《むぞうさ》に手をつきだし、おじいさんは四人みんなに、二個《こ》ずつ小さな洋梨《ようなし》をくれた。

「かっちかちだ」ドアが閉《し》まるまえに、マッケンナはそういい、梨《なし》をひと口かじると、すぐにぺっと吐《は》きだした。そして「くそったれ、毒りんごだぞ！」とさけんだ。

「これは煮《に》こみ用の梨《なし》で、生じゃ食べられないんだ」と、ライナスは教えてやった。

四人の横で、カフェのドアが開いた。麦わらのぼさぼさの髪《かみ》をつけた魔女《まじょ》が、兵隊たちを左右にしたがえ、笑いながら出てきた。鎌《かま》を頭につき刺《さ》した怪物《かいぶつ》も、血だらけの制服《せいふく》を着た看護《かんご》婦《ふ》をしたがえてあらわれ、そのあとからスーパーマンの衣装《いしょう》をつけただれかが、兵隊とならんで歩いてきた。スーパーマンと兵隊は、相手の肩《かた》に腕《うで》をかけて、もたれあっている。スーパーマンの衣装《いしょう》は、きつくてパンパンだった。腰《こし》の縫《ぬ》い目《め》に破《やぶ》れ目《め》があり、白い下着が外にはみだしていた。

「さあ、むこうに渡《わた》ろう!」

鎌《かま》の刺《さ》さった怪物《かいぶつ》が、通りをななめに横切り、ほかの者もあとに続いた。

「おい、スーパーマン! 取れるもんなら取ってみろ!」

ジョージ・マッケンナは、ひと口かじった洋梨《ようなし》をスーパーマンに投げつけた。一個目《こめ》の洋梨《ようなし》は的をはずれたが、二個目《こめ》の洋梨《ようなし》はスーパーマンの背中《せなか》に命中した。スーパーマンに仮装《かそう》しただれかは、車道のまんなかで立ちどまり、後ろをふりかえった。そしてファイティング・ポーズをとり、ライナスたち四人がいる方向に向かって、ボクシングの動きをはじめた。車が一台、クラクションを鳴らし、スーパーマンをよけて走りすぎる。ジョージはライナスの手から、洋《よう》梨《なし》を一個《こ》もぎとると、もう一度投げつけた。スーパーマンは、今度は受けとめようとしたが、失敗して、梨《なし》が胸《むね》にもろに当たった。

「降参《こうさん》だ!」と、スーパーマンは両手を宙《ちゅう》にあげて、苦笑いを浮《う》かべ、それから仲間のあとを追っていった。ジョージは、勝ちほこったようにこぶしをふりながら、ロージーの手を引っぱった。

「スーパーマンが、あんなふうに降参《こうさん》しちゃいけない」

ライナスは、向かいのカフェにスーパーマンが入っていくところを見つめて、つぶやいた。

そして一個《こ》だけ残った洋梨《ようなし》を、自分の袋《ふくろ》に入れた。

「あんなやつが、スーパーマンの衣装《いしょう》を着ちゃいけない」

リアムは、ライナスの肩《かた》に手をかけて、なだめるようにいった。

「もう少し楽しもうよ、な、ライナス・ミュラー」

ライナスは肩《かた》をすくめた。そしてリアムに手を引っぱられながら、考えていた。ミスタースーパーだったら、ジョージ・マッケンナみたいなやつをこらしめてくれるはずなんだ、と。

14

二回呼《よ》び鈴《りん》を鳴らしたあと、ブザー音がして、ドアが開いた。ライナスは木箱を建物の中に入れた。配達を始めたころは、オレンジでいっぱいの木箱をひどく重たく感じたけれど、いまではふつうに階段《かいだん》を運んでいける。台所のドアをノックして、ライナスは待った。ドスンバタンと騒《さわ》がしい音がしたあと、ドアがゆっくり開いた。

「やあ、ライナス」

ミスターオレンジが、パジャマ姿《すがた》であらわれた。パジャマはえんじ色のしま模様《もよう》だ。その上によそいきの黒いジャケットをはおっていて、なんだかちぐはぐだった。ミスターオレンジはくたびれた顔をしていて、ほおには無精《ぶしょう》ひげが生えている。しかも、かたほうのあごが腫《は》れあがっていた。

「炎症《えんしょう》を起こしてね」と、ミスターオレンジはあごを指さしていった。「きのう歯医者にいったんだ」いくつかの音が、うまく発音できないようだった。

「まだ調子が悪いから、今日は中に入ってもらわないほうがいい」

ミスターオレンジはライナスが抱《かか》えたままの木箱から、ひとつ、オレンジを取りだした。

「はやく元気になりますように」ライナスはそういって、木箱をドアの横においた。

「時間が経《た》てば、良くなるよ」ミスターオレンジはほほえもうとした。「これを忘《わす》れずに食べればね」と、さっきのオレンジを持ちあげて見せた。そしてライナスを見送ろうと、階段《かいだん》のところまでついてきた。

「ところで、きみの兄さんはどうしてる？　なにか便りはあったかい？」

ライナスが、階段《かいだん》を半分おりかけたところで、ミスターオレンジが急にたずねた。

「ヨーロッパへ向かう途中《とちゅう》です。船に乗って」

ライナスは、上に向かって声をはりあげた。

「そりゃあ、長旅だな」ミスターオレンジは、手すりにもたれていった。「わたしも経験《けいけん》したよ。でも方向は逆《ぎゃく》で、イギリスからこっちに来たんだ」

ライナスは立ちどまった。

「三年前の話だよ。戦争が始まったすぐあとだ」

「船の旅は、どんな感じでしたか？　船にはプールもついてましたか？」

ライナスは階段《かいだん》を二、三段《だん》、のぼってたずねた。

大西洋横断《おうだん》の客船がハドソン川に停泊《ていはく》したとき、ライナスはリアムとふたりで、見にいったことがある。ふ頭《とう》から巨大《きょだい》な船を見あげると、自分がまるでアリになった気分だった。甲板《かんぱん》が何層《なんそう》にも重なっていたのだ。ポスターでも、最上階の甲板《かんぱん》に、プールがついた船の写真を見たことがあった。

ミスターオレンジは、眉《まゆ》をしかめた。

「プール？　プールのことはおぼえてないな。かりにプールがあったとしても、貯蔵庫《ちょぞうこ》に使われていたんだろう。船は満杯《まんぱい》だった。とにかく、プールで泳ごうなんて、だれの頭にも思い浮《う》かばなかったよ」

「どうして？」

海のまんなかのプールで泳ぐ機会を逃《のが》したら、一生後悔《こうかい》する。ライナスにはそう思えたのだ。

「ほかのことが、わたしたちの頭から離《はな》れなかったんだ」

ミスターオレンジは、ライナスが「どうして？」ときいたことにびっくりしたような顔をした。

「みんな、不安を感じていたんだ」

「不安？」ライナスはとつぜん落ちつかなくなって、たずねた。そして、さらに階段《かいだん》をのぼった。

「攻撃《こうげき》されるんじゃないかっていう不安だよ」ミスターオレンジは、階段《かいだん》の一番上の段《だん》に腰《こし》をおろした。「敵《てき》の潜水艦《せんすいかん》が、こちらの船のことを大西洋じゅう探《さが》しているんだ。〈Uボート〉と呼《よ》ばれる潜水艦《せんすいかん》が」

ライナスはうなずいた。戦争漫画《まんが》を読んでいるから、Uボートのことなら、なんでも知っている。アプケも、Uボートの絵を上手に描《か》いていた。

「だからわたしたちは、できるだけたくさんの船で、船隊を組んで航海した。攻撃《こうげき》から身を守るには、それしか方法が無かったんだよ」と、ミスターオレンジは説明した。あごの痛《いた》みを忘《わす》れてしまったように。

ライナスは、ミスターオレンジのとなりに腰《こし》をおろした。航海が危険《きけん》だとは、考えてもみなかったのだ。

「特に夜間、緊張《きんちょう》は高まった。敵《てき》にみつからないように、明かりを消して進んだんだ」

ミスターオレンジは、壁《かべ》のはるかむこうの水平線まで見通すような顔つきで、自分の前をまっすぐに見つめた。

「ひどい船酔《ふなよ》いのせいで、わたしは昼も夜も甲板《かんぱん》に出ていた」そういって、ライナスを横目で見た。「たいてい、空はくもっていてね。それで夜は真っ暗になるんだ、海のまんなかだと。星も月も水平線もなく、目をこらしてもなにひとつ見えない。少し経《た》つと、どこが上でどこが下か、それさえもうわからない」

ミスターオレンジのほほえみは、少し悲しそうだった。でもそれは、ほおが腫《は》れているせいかもしれなかった。

「波の打《う》ち寄《よ》せる音、耳をかすめる風の音、エンジンの機械音を、妙《みょう》に大きく感じた。ほかにはなにもない。長い夜が毎晩《まいばん》、毎晩《まいばん》、続いて……」

ライナスは、息を吸《す》いこんだ。

「ふしぎなのはね。ほかの船もいっしょに航海していると知っているし、昼間は船影《せんえい》も見えるんだが、夜の闇《やみ》のなかだと、大海原《おおうなばら》にひとり投げだされた気がしてくることなんだ」

ミスターオレンジは言葉をきると、首を横にふった。

「月がでると、波の泡《あわ》が、まっしろな筋《すじ》をひいてかがやく。まるで祝祭のようなながめだった。そこにとつぜん、他の船の輪郭《りんかく》があらわれる。それがすぐ目の前なので、驚《おどろ》いたよ」

ミスターオレンジは息を深く吸《す》いこみ、ゆっくりと吐《は》きだした。

「あの旅が、永遠《えいえん》に続くかと思った」

しばらく沈黙《ちんもく》があった。

「でも、みなさんの船は、Uボートに見つからなかったんですね？」

ライナスは、思いきってたずねた。

「さいわいなことに！」ミスターオレンジのほっとした声は、ちょうどいま甲板《かんぱん》からおりたばかりの人のように聞こえた。ミスターオレンジは階段《かいだん》の手すりをつかむと、ゆっくり立ちあがった。

「それでもわたしは、自分が危険《きけん》を冒《おか》してチャンスをつかんだことを、毎日、うれしく思ってるんだ。ここにきて、手に入れたいろんなものを失いたくはないんだよ！」

そういって、黒いジャケットを軽くはおった姿《すがた》で、両腕《りょううで》を広げた。

「ニューヨークは自慢《じまん》できる町だよ。ここで生まれたきみは、運がいい」

ミスターオレンジは、ライナスをじっと見つめた。

「運がいいんですか?」

ライナスは立ちあがった。そんなふうに考えたことなど、一度もなかった。

ミスターオレンジは、当たり前じゃないか、という声で答えた。

「ニューヨークは未来の町だ。戦争が終われば、世界中が変わる。以前よりいいところになるって、わたしは確信《かくしん》してるよ。そしてニューヨークみたいな近代都市では、だれもが、その変化にまっさきに気がつくだろう。いまからもう、それが感じられる町なんだ」

そういうと、ライナスの肩《かた》にちょっとふれた。

「きみの兄さんは、戦うことで、より良い未来を築《きず》くための手伝いをしている。だから、もっともっと誇《ほこ》りに思っていい」

ミスターオレンジは手をあげてあいさつすると、部屋に入った。

ライナスは階段《かいだん》をおりた。アプケのことは、もうずいぶんまえから誇《ほこ》りに思っている。でも、ミスターオレンジの話を聞いて、ほかの言葉が心にしのびこんできたのだ。それは、絶対《ぜったい》に受けいれたくない言葉だった。

下におりると、ライナスはドアを思いきり閉《し》めた。まるで、不吉《ふきつ》な言葉を追いはらおうとするように。

15

シモンが、上の段《だん》で寝返《ねがえ》りをうつたび、下の段《だん》のライナスもいっしょにゆすられる。ライナスはまだ眠《ねむ》れないでいた。今日の午後の話が、頭の中でずっとぐるぐるしていた。

ミスターオレンジは、戦争から逃《のが》れるためにニューヨークへ渡《わた》ってきた。アプケは、戦うためにヨーロッパへ渡《わた》っていった。まるで、ふたりが居場所《いばしょ》を交換《こうかん》したみたいだ、とライナスは思った。ひょっとしたら、いまアプケが乗っている船は、ミスターオレンジが乗ってきた船かもしれない。

カーテンの細いすきまから、外の光が部屋の中に入ってくる。空がくもっていても、いなくても、いつも町の光は同じだった。ライナスには上の段《だん》の寝床《ねどこ》がぼんやり見えたし、床《ゆか》に落ちているシモンの上着も、その横にあるシモンのかばんも見えた。

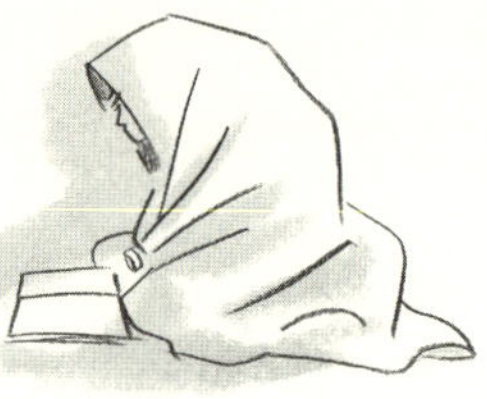

もっと暗いはずなんだ……。ライナスは毛布《もうふ》を頭の上までかぶった。こうすれば、目を開けても閉《と》じても、同じ暗さだ。ライナスは両耳に指をつっこみ、うすい壁《かべ》のむこうから聞こえてくる父さんのいびきが、聞こえないようにした。

アプケはいま、船の甲板《かんぱん》の暗やみのなかにいるかもしれない。あおむけに寝《ね》そべり、空を見て、星を探《さが》しているかもしれない。ライナスは、自分がアプケのとなりにいるところを想像《そうぞう》してみた。そう考えるだけで、気持ちが落ちついてくる。息をとめると、船のへさきにぶつかってくだける波の音が聞こえてきた。うん！　あれは一番星……。

だけど、ひとつこまったのは、あられが降《ふ》りはじめたことだ。そのあられが当たって、つんつんと痛《いた》い。どうして、アプケは寝《ね》ていられるんだろう？　月がのぼると、ライナスはそれがあられではなく、鉛《なまり》の兵隊だとわかった。鉛《なまり》の兵隊が、銃剣《じゅうけん》をつきだし、次々と降《ふ》ってきたのだ。戦わなくちゃ！　未来のために戦わなくちゃ！　ライナスは、腕《うで》をめちゃくちゃにふりまわした。

だが、待てよ——これが未来に関わることだったら、ミスタースーパーが、どこかにいるはずじゃないか……？

「わたしもちょっと忙《いそが》しくてね！」

ミスタースーパーは、プールにすわり、プールのふちで足をぶらぶらさせている。白い下着をつけた姿《すがた》が、月の光のなかでくっきりと見えた。衣装《いしょう》はひざの上にのせてあった。

「これから、衣装《いしょう》を修理《しゅうり》するの？」

「フィットスーツ、といってくれ」ミスタースーパーがいいなおした。「ばか兵隊どもが、あちこちに穴《あな》をあけ、腰《こし》の縫《ぬ》い目《め》がほどけたのだ」

「だけど、そんなこと、いまはどうだっていいでしょ？　未来が危《あぶ》ないんだから！」

「いや、未来なら、少し待ってもらえる」ミスタースーパーは、ちくちくと細かく針《はり》を動かした。「スタイルにも気をつかう必要があるんだ。だらしない姿《すがた》じゃ、他の連中をこらしめられないだろう？」

そういって、自分の服を高く持ちあげた。月の光に照らされて、布《ぬの》の黄色が強くかがやき、青い手袋《てぶくろ》はほとんど緑に見えた。

でも、月は雲のかげに隠《かく》れてしまった。どうして、こんなに息苦しいんだろう？　ライナスは呼吸《こきゅう》がほとんどできず、体もうまく動かせなかった。もがけばもがくほど、ますます自由がきかなくなっていく。体がだんだん熱くなる。

「寝返《ねがえ》りばかりうつな！」

いったいだれの声だろう？

ライナスの腕《うで》はようやく自由になり、息もつけるようになった。とつぜん明かりがついた。明るすぎる。明かりは危険《きけん》なのに。

「消さないと！」ライナスは足をバタバタさせた。

「わかった、わかった。静かにするなら、明かりは消すよ」

おかしなことに、ミスタースーパーの声はシモンの声に似《に》ていた。明かりがまぶしくて、ライナスにはなにも見えなかった……。

ライナスが、上から自分をのぞきこむ黒っぽいものが、シモンの頭だと気がつくまでしばらくかかった。一瞬《いっしゅん》、シモンが笑っているように見えたが、それは頭がさかさまにたれていたからだった。

「おまえのせいで、みんなが起きるぞ」

その頭が、怒《おこ》った声でいった。

「悪い夢《ゆめ》を見てたんだ」と、ライナスは答えた。心臓《しんぞう》はドキドキしているし、毛布《もうふ》は体に巻《ま》きついてぐちゃぐちゃだった。

「もう騒《さわ》がないでくれ」

シモンは低い声でいった。頭がひっこみ、明かりも消えた。

ライナスは毛布《もうふ》のかたまりから、足をひきぬいた。ベッドの下を手探《てさぐ》りして、懐中電灯《かいちゅうでんとう》を見つけると、その晩《ばん》、眠《ねむ》るまえに寝《ね》ころびながらながめていたアプケのノートを取りだした。そして、毛布《もうふ》を頭の上までかぶった。懐中電灯《かいちゅうでんとう》の弱い光のなかで、ライナスはUボートの絵がでてくるまで、ページをめくった。

ミスタースーパーが、空中にジェット噴射《ふんしゃ》の跡《あと》を残しながら、甲板《かんぱん》の上を飛んでいる。そして、潜水艦《せんすいかん》からつきだした鋼鉄《こうてつ》の潜望鏡《せんぼうきょう》を、くるりと結ぼうとしている。結び目は少しぐしゃっと描《えが》いてあったけれど、アプケはそれで効果《こうか》をねらっていた。ミスタースーパーのおかげで、水平線にあらわれた大西洋横断船《おうだんせん》は、無事に航海していけるはずだった。

航海にはどのくらい時間がかかるんだろう？　今日の午後、ミスターオレンジにきいておけばよかった。アプケの次の便りがいつくるのか、ライナスには見当もつかなかった。

毛布《もうふ》にもぐったままでいるのが、息苦しくなってきた。ライナスは懐中電灯《かいちゅうでんとう》を消すと、毛《もう》布《ふ》を持ちあげて、顔を外にだした。けれども、自由に呼吸《こきゅう》できるようになったあとも、息苦しさは消えなかった。

16

「便りが無いのは、いい便りだよ」

おとなりのヘンセンさんは、毎日そういっていた。郵便屋《ゆうびんや》が通りすぎると、ヘンセンさんはすぐに、店に少しだけ買いものをしに来る。買うのはトマトを二個《こ》とか、たまねぎ一個《こ》、パセリを一本とか。そして、アプケからの便りはないのかと、あけすけにきくのだ。

ヘンセンさんが来るのが見えたとたん、ライナスの母さんは二階に姿《すがた》を隠《かく》し、だれかを下にやって店番をさせた。午後、ライナスが家に帰っていれば、西洋ネギを新聞紙でくるんだり、トマトを二百グラムぐらい量ったりして、「今日はなんの知らせもなくて」と答えるのはライナスだった。

「たぶん、明日だね」店を出ていきながら、ヘンセンさんはいう。

「たぶん、明日」と、ライナスは礼儀正《れいぎただ》しくくりかえす。

二階にあがると、母さんはいつも窓《まど》の前に立って、外を見つめていた。

「あの人が来ると、いらいらするの」

母さんは指を一本ずつひっぱりながら、そういった。小指から親指までひっぱり終えると、また同じ動作をくりかえしている。ライナスはうなずいた。ライナスにしてみても、こんなに長い間便りを待たなくてはいけないのは、つらいことだった。

たぶん、明日。

けれども、次にミスターオレンジのところに行く日になっても、アプケからの郵便《ゆうびん》はまだ届《とど》かなかった。もう三週間になるのに、と考えながらライナスは階段《かいだん》をのぼった。ミスターオレンジの船旅の話をもっと聞きたかったので、今日は、はやめに着いてうれしかった。デ・ウィンター夫人の家に寄《よ》らずにすんだからだ。父さんによれば、夫人は入院中だという。

ドアのむこうから音楽が聞こえてきた。おかしな名前のついたあの音楽だ、なんて名前だったっけ？　あとできいてみよう。

足早に歩く音が近づいてきた。だれかの甲高《かんだか》い笑い声も聞こえてくる。ドアが開いた。

「ライナス！」

ミスターオレンジは、はずんだ声でいった。おしゃれな黒いスーツを着ていて、軽く頭をさげてあいさつするしぐさが、その服装《ふくそう》にぴったりだ。見覚えのあるジャケットは、このあいだ、パジャマの上にはおっていたものだった。腫《は》れたあごは、もうすっかり治っている。

「今日の午後は、お客さんがあってね。すまないけれど、きみにオレンジをむいてあげられないんだ」

ミスターオレンジは、しなやかな手つきでオレンジを一個《こ》にぎると、ライナスにさしだした。

「わたしの絵を買いたいご婦人《ふじん》がいてね。新聞記者なんだよ！」

その目はかがやいていた。

「じゃあ、また今度」

ミスターオレンジは約束のしるしに親指をつきだし、ライナスが答える間もなく、家のドアが閉《し》まった。

ライナスはのろのろと階段《かいだん》をおりた。ニューヨークとヨーロッパの間の船旅に何日かかるか、わからないままだった。少しがっかりして、門から荷車をひっぱりだした。午後なのにもううす暗くて、見あげると、室内には明かりがついている。そのせいで、二階の窓《まど》は、暖《あたた》かみのある黄色い四角になっていた。耳をすますと、町の騒音《そうおん》にまじって、あの音楽がまだ聞こえてくる。

——ブギウギだ。

ライナスは、ミスターオレンジの音楽の名前をとつぜん思いだした。

家に帰ると、母さんが店のドアを開けてくれた。母さんの満面のほほえみを見たとたん、ライナスには笑顔の理由がわかった。

「手紙だね？」

ライナスは、息をきらしてたずねた。母さんは肩《かた》をすくめ、なにもいわなかったけれど、目を見れば、当たりだとわかった。二階はにぎやかな興奮《こうふん》に包まれている。アプケの手紙は、衣《い》装《しょう》ダンスの上の花びんに立てかけて置いてあった。ライナスは封筒《ふうとう》をちょっと持ちあげた。今回は、ぶ厚《あつ》い封筒《ふうとう》だ。几帳面《きちょうめん》なアプケの字を指でなでたあと、ため息をついて、ライナスはその封筒《ふうとう》をもとにもどした。

店を閉《し》め、全員がようやくテーブルのまわりにそろうと、父さんが慎重《しんちょう》に封筒《ふうとう》を開いた。

愛するみんなへ
十日間、ぎゅうづめの船に乗せられて、イタリアに到着《とうちゃく》。甲板《かんぱん》からおりられて、ほっとした。足をようやくのばせるし、よく眠《ねむ》れるし、おれは元気でやってるよ。大部分の連中もおれと同じで、待ちぼうけが終わっていよいよ本番が始まるのが、うれしそうだ。ただ待ってるより、そのほうがましなんだ。ヨーロッパじゃ、ここ数か月、激《はげ》しい戦いが続いている。いままで戦線にいた兵隊たちは、援軍《えんぐん》が来たことを喜んでる。いったいなにをするのか、まだいわれていないけれど、任務《にんむ》に対する準備《じゅんび》はしっかりできてるつもりだ。
このイタリアの軍事基地《ぐんじきち》で、ニューヨークから来た仲間に出会った。イースト川のそばの七十八番街、うちの近所に住んでるそうだ。名前はジェルヴァージ・バルタリ、両親は四六八番地で、デリカテッセンの店を開いている。

「その店、どこだか知ってる。イタリア料理屋のカステッリへ行く道のほうだ」
ライナスが声をあげた。

「静かにしてよ!」と、ウィルケはさけび、マックスはひじでウィルケをコツンとこづく。父さんはテーブルをぐるりと見わたし、静かになるのを待っていた。

家の近所のだれかと、こんなに離《はな》れたところで出会えると心強いよ。正直なところ、ジェルヴァージはよく知らないやつだけど。ニューヨーク中のなじみの場所や、家族の話をしたりしてる。ジェルヴァージはここ数週間、ずっと気にかかっていたことを教えてくれた。やつの母さんのことなんだ。あいつの家には、誕生日《たんじょうび》の日に母さんを驚《おどろ》かせるっていうへんな習慣《しゅうかん》があって、古くからのしきたりだそうだ。驚《おどろ》かせるのが健康にいいっていうんだよ、血のめぐりをよくするとかで。母さんがびっくりすればするほどよくて、そうすればその一年間、健康でいられるっていうんだ。だからジェルヴァージは、毎年母さんの誕生日《たんじょうび》に、どこかにクモを一匹《ぴき》(か二匹《ひき》)、隠《かく》しておくそうだ。砂糖《さとう》つぼ、会計のレジや、台所にあるマッチ箱の中とか。ジェルヴァージのただひとりの兄さんも戦争に出ているんで、今年はしきたりを守れないのが、気にかかっていたそうだ……。でも、おれに弟が四人もいるって聞くと、「じゃあ、なかのひとりに手伝ってもらえないか」っていうんだよ。ライナス、おまえにぴったりの話のように思えるんだが。しかも、ジェルヴァージの母さん、今年は用心していないはずなんだ。

計画はこうだ……毎週、日曜と水曜の夜に、あいつの母さんは、牛乳配達用《ぎゅうにゅうはいたつよう》に小さな箱を外にだす。うちみたいな手作りの木箱じゃなくて、中に入れたものを冷やしておける立派《りっぱ》な金《きん》属製《ぞくせい》の箱だ。通りからはすぐに見えない。箱は、店のドアの横にあるくぼみに置いてある。

次の日の朝六時ごろ、牛乳屋《ぎゅうにゅうや》はそこに牛乳《ぎゅうにゅう》を二本、配達しに来る。そして七時に、母さんはその箱を店に持って入るんだ。つまりだ、ライナス、十二月六日の月曜日の朝、一、二匹捕《ひきつか》まえておいたクモを、そこに隠《かく》す時間が一時間あるってことだ。ジェルヴァージの誕生祝《たんじょういわ》いのカードも同封《どうふう》するから、いっしょに入れてくれ。おまえによろしく、ありがたいって、いってるよ。やつの母さんもびっくりしたあと、気を取りなおしたら、ありがたいって思うだろう。

そっちは変わりがないってことが、なかなか想像《そうぞう》できない。新聞社はどうだい、シモン？ 年寄《としよ》りのメルシエールさんは、あいかわらず短気かい？ 社内食堂でリンさんがだすコーヒーは、あいかわらずひどい味かい？ あんなコーヒーをもう一度飲みたいと思うなんて、考えてもみなかった。こっちでコーヒーと呼《よ》んでる代物は、熱いっていう点だけが同じで、それすらかなわないことも多いんだ。マックス、少しはウィルケを手なづけたかい？ それとも、ふたりそろって、シスのいいなりになってるのかな？

ライナス、知ってるか、こっちには漫画《まんが》の最新号が山ほど届《とど》くんだ。みんな、物語に飢《う》えてるんだよ。アクションコミックスの最新号のカバーをもう見たか？　あんなバイクがほんとにあったらなあ……。

時間があるときは、いつもみんなのことを思ってる。母さんとシスにキスを。


チャオ！

こっちじゃアルベルトと呼《よ》ばれている、、アルバートより

父さんは手紙をたたんだ。そして大きな封筒《ふうとう》から、小さめの封筒《ふうとう》を取りだして、テーブルの上に置いた。家族じゅうがその封筒《ふうとう》のまわりに集まった。〈バルタリ夫人〉と、とんがった小さな字で書いてある。

「だめよ、みんな離《はな》れてちょうだい！」

母さんがその封筒《ふうとう》を手に取り、べたべたの指が届《とど》かないように持ちあげた。父さんがジェルヴァージの母さんのことを読んでいたあいだ、母さんはずっと首をふっていたけれど、いまは

笑っている。

「おまえのために、これは取っておくわ」

そういうと、ライナスにウィンクした。そして、大切な書類が保管《ほかん》してある衣装《いしょう》ダンスのひきだしに、その封筒《ふうとう》をしまった。アプケから届《とど》いた手紙の束の横に。

17

ライナスは自分の役目のことを、リアムに話すのが待ちきれなかった。話を聞いたら、リアムもきっといっしょにやりたがるだろう。もしかしたら、明日の配達のあと待ちあわせて、バルタリさんの店へいっしょに下見に行けるかもしれない。成り行きまかせにはしたくなかった。十二月六日に、失敗があったらいけないのだ。

けれども次の朝、学校に行ってみると、リアムはもう教室へ向かったあとだった。放課後も姿《すがた》が見えなかった。ふたりはたいてい待ちあわせて、途中《とちゅう》までいっしょに帰っていたのだが、リアムはここ何週間か、時間がぜんぜんないようだった。土曜日になると、ライナスは新しいアクションコミックスを買いにいこうと、リアムを誘《さそ》いにいった。でも、リアムは外にも出てこなかった。代わりに二階の窓《まど》から、「父さんの手伝いがあるから無理」と、大声でいったのだ。

なんだかあやしかった。ライナスとはちがい、リアムは家の手伝いをほとんどする必要がなかったのだから。

配達があるので、長くは待てない。だったら、今日はまずひとりで下見に行って、時間があまったらまたリアムのところに寄《よ》ろう。ライナスはそう思った。

そしてカステッリを配達の最後にまわし、そこの配達が終わると、イースト川の方向をめざして、七十八番街へ向かって歩いていった。道路の向かい側から、〈デリカテッセンの店バルタリ〉という看板《かんばん》が見えてきた。店内はにぎわっていて、小柄《こがら》でがっしりした体つきの主人がカウンターに立っていた。主人は段《だん》にのぼって、高い棚《たな》にあるものを取っている。店には、客がたくさん出入りしているので、ライナスが入ってもたぶんめだたないだろう。ライナスは荷車を新聞の販売スタンドの裏《うら》にとめると、道路をななめに横断《おうだん》した。

近くで見ると、看板《かんばん》の「デ」と「バ」の字は、色を塗《ぬ》ったソーセージの鎖《くさり》でできている。ライナスがさりげなくショーウィンドウの前を歩いていくと、お店の奥《おく》から女性《じょせい》がひとり出てきた。ライナスの母さんと同じような、まんなかに大きなポケットのあるエプロンをしめている。でもそれ以上見るひまがないうちに、ライナスは店を通りすぎてしまった。

少し先まで歩いて、ライナスはまわれ右をした。もういちどショーウィンドウの前を歩くと、店の主人とならんで、さっきの女性《じょせい》がカウンターに立っている。主人と同じように小柄《こがら》で、ふっくらした体つきだ。主人はその人の肩《かた》に左手をかけ、右手を宙《ちゅう》に浮《う》かせて動かしながら、お客になにか話していた。店の客たちは笑っている。その女性《じょせい》もちょっとはにかんで笑うと、両手をエプロンのポケットに入れた。笑い方に愛嬌《あいきょう》があって、ライナスもつられて笑ってしまった。

そのあと自分がショーウィンドウの前に立っていたことに気がついて、また歩きだそうとしたとき、ライナスはペナントに気がついた。ショーウィンドウの左下に、見まちがいかと思うぐらいめだたないように置いてあったけれど、ちゃんと目に入った。ペナントには、青い星が、二個もついている！　ライナスは胸《むね》がどきどきしてきた。

道路を渡《わた》ってもとの道にもどりながら、きっとうまくいく、と思った。そして、もう一回ふりかえって、青い星を見た。兵隊のためになにかすれば、それだって戦いを手助けするようなものだ。ひとりきりで、Uボートをとめるのとはわけがちがうけれど……とにかくライナスは自分の役目を成功させたかった。バルタリ夫人の健康がかかっているのだ。それにライナスは、アプケの自慢《じまん》の弟でいたかった。

ライナスは急いで歩いていく。夕食のまえに、リアムの家に寄《よ》る時間はまだあった。リアムの家のある道の角をまがったとき、ロージーだっているかもしれないと、思った。ロージーもとびついて話を聞いてくれるだろう……。

ライナスは足をとめた。リアムの家のドアの前に、ジョージ・マッケンナが片手《かたて》を郵便受《ゆうびんう》けにかけて立っていたからだ。きっとロージーとおしゃべりしてるのだろう。ライナスはためらいながら先に進んだ。自分の役目を話したら、マッケンナにはまちがいなく、ばかにされる。そんなのごめんだ——でもリアムには、話したくてたまらなかった。

ライナスはもう一度、足をとめた。マッケンナが話をしている相手はロージーではなく、リアムだったのだ。マッケンナがいったことに笑っていたが、その視線《しせん》が、ライナスの視線《しせん》とぶつかった。リアムの笑いが消え、（しまった！）というような目つきになった。

マッケンナも、リアムがなにを見つめているのか確《たし》かめようと、首をまわした。そしてライナスだとわかると、顔にゆがんだ笑いを浮《う》かべた。でも、わざと気がつかないふりをして、またすぐに前を向いた。

ライナスはなにもいわずに、まわれ右をした。

「ライナス！」と、リアムがさけんだ。ライナスは足をはやめた。

リアムはぼくを追ってきて、わけを説明してくれる。それで、ただの誤解《ごかい》だってわかる。

リアムが、ジョージ・マッケンナみたいなやつと、べたべたするはずがない。

ライナスはそう思っていた。

けれども、曲がり角まで来ても、リアムは追ってこなかった。ライナスがふりかえると、リアムはまだマッケンナとドアの前に立っていた。ライナスのほうを見てはいたが、ただそれだけだった。待ってほしいと、身ぶりで示《しめ》すわけでもなかった。

（だからリアムには時間がなかったんだ！）ライナスはむしゃくしゃしながら、角を曲がった。

リアムは、とつぜん、マッケンナと親友になったのだ。ずいぶん年上のマッケンナが自分に興《きょう》味《み》を持ってくれたことを、リアムはきっと得意に思っているんだろう。

（好きなようにすればいいさ）

ライナスは肩《かた》をすくめると、さっきよりもっとはやく歩きはじめた。マッケンナとつきあいたいっていうなら、つきあえばいい。ライナスは、リアムなんかいなくたって、平気だった。

18

クモを捕《つか》まえるのに一番いい場所は、倉庫の奥《おく》、じゃがいもの木箱のそばの暗がりだ。そこには、こわくなるほど太ったクモがいる。日曜の午後のうちに、ライナスはそのクモを二匹《ひき》捕《つか》まえてジャムのびんに入れ、ふたには穴《あな》を開けておいた。

けさは、父さんが市場へ行くまえにライナスを起こしてくれた。頭がぼうっとしたまま、下におりていくと、母さんも起きていた。母さんはライナスに誕生祝《たんじょういわ》いのカードが入った封筒《ふうとう》を渡《わた》し、店のドアを開けた。

「すぐに、もどってくるのよ」と、母さんが念を押《お》した。

外の寒さのせいで、ライナスはたちまち目がさめた。道の角まで行ってふりかえると、母さんはまだ立っていた。ライナスは片手《かたて》をあげてあいさつした。でも母さんが手をふりかえした

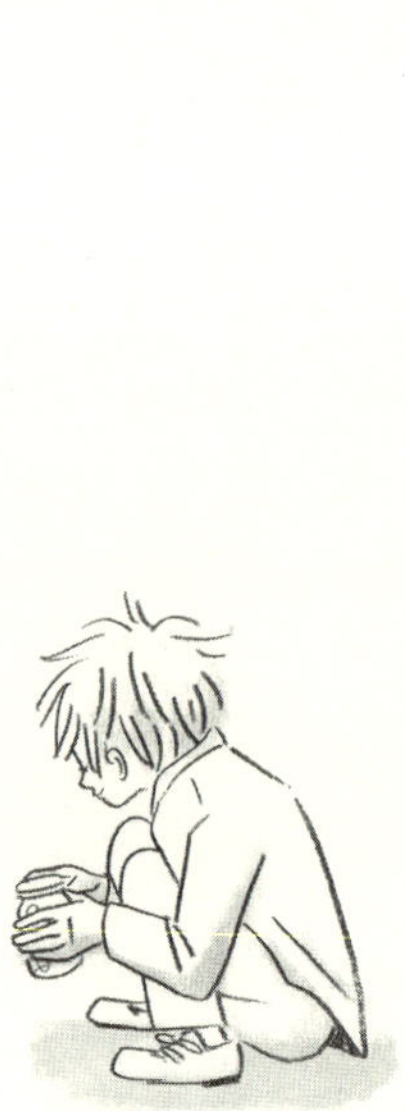

かどうかは、わからなかった。

ライナスはジャムのびんを、コートの下に隠《かく》した。カードの入った封筒《ふうとう》は、ベルトのところに押《お》しこんである。がんばって歩くと、家からバルタリの店まで十二分で行けた。

道路はまだ暗く、冷たい風が吹《ふ》いてくる。六時半になるまえに、ライナスはバルタリの店がある道に着いた。角を曲がって少し入ったところで、牛乳屋《ぎゅうにゅうや》とすれちがった。牛乳屋《ぎゅうにゅうや》は口笛でメロディーを吹《ふ》き、ライナスにウィンクした。それが、万事オーケー、の合図のように感じられた。ちょっとだけ、リアムのことを思いだした。

ふたりで来たら、もっと楽しかったはずなのに……。

いや、そう考えるのはやめよう。ライナスは深く息を吸《す》いこむと、道の向かい側にある店を見つめた。

「だったらわたしが手伝おうか？　そのジャムびんを渡《わた》してくれ」

ミスタースーパーが、親指を腰《こし》の太いベルトにかけながら、ライナスのすぐ後ろに浮《う》かんでいる。

「いやだ！」と、ライナスはさけんだ。自分の声が、がらんとした道に大きく響《ひび》き、ライナスはびっくりしてあたりを見まわした。だれもいない。牛乳屋《ぎゅうにゅうや》も、角をまがって消えてしまった。

「ぜったいにいやだ。ぼくがやるんだ。だれにも見つからないように」

ミスタースーパーは、ぐるぐるとライナスにまとわりつき、ジャムのびんを取ろうとする。ライナスもぐるぐるまわって、びんを取られないようにした。

「自分でやる。ぼくが頼《たの》まれたんだ」ライナスは、この仕事をだれかに奪《うば》われたくなかった。

「あなたには、ほかにやることがあるでしょ」そうささやき声でいったのに、静かな道にやけに大きく響《ひび》いた。「Uボートをやっつけたり、兵士たちを前線から救いだしたり、爆弾《ばくだん》をかたづけたり」

「そんなこと、一日中やっているさ。わたしにも気晴らしがあったっていいだろう？」

ミスタースーパーは答え、さっと反対側にまわる。その動作があまりにすばやくて、ライナスには追いつけない。

「計画をめちゃくちゃにする気かい！　だれかに見つかったら、どうするんだよ？」

ライナスはミスタースーパーのことが、がまんできなくなってきた。

「そうか」ミスタースーパーは、むっとしたような声をだした。

「つまり、わたしは、あのろくでもない仕事をしてればいいっていうわけだ」

「ろくでもない仕事だって？」

頭に血がのぼったライナスは、ささやき声にするのを忘《わす》れていた。

「兵隊の命がかかってるんだよ」

「わかった、わかった、もう行こう。ちょっとふざけてみただけさ」

ミスタースーパーは、降参《こうさん》というように、両手を宙《ちゅう》にあげた。でも顔は笑っていなかった。

後ろのほうで、足音が聞こえる。ライナスはびっくりして、ふりかえった。


だれかが、こっちにやってくる。風よけのフードを深くかぶって。ライナスは息をのんで、待った。そしてその人が、ライナスに注意をはらわずに行きすぎたところで、息を吐《は》いた。気がつくと、目の前からミスタースーパーは消えていた。

ライナスはジャムのびんをしっかり抱《かか》え、道を渡《わた》った。バルタリの店はまだ暗かったけれど、街灯のおかげで、金属製《きんぞくせい》の牛乳箱《ぎゅうにゅうばこ》はすぐに見つかった。ライナスはひざをついて、ジャムのびんを下におくと、牛乳箱《ぎゅうにゅうばこ》のふたを持ちあげた。牛乳《ぎゅうにゅう》が二本入っている。ここまでは、手紙に書いてあった通りだった。

ライナスはあたりを見まわした。遠くのほうで、通行人がふたり、道を渡《わた》った。でもずいぶん離《はな》れているからだいじょうぶ。ライナスはベルトのところから封筒《ふうとう》をひっぱりだし、箱の奥《おく》に入れた。そして慎重《しんちょう》に、びんのふたをあけた。クモたちはぜんぜん動かず、じっとしている。二匹《ひき》とも、クモのなかのクモと呼《よ》べるぐらいりっぱなやつだったけれど。ライナスはびんに手を入れ、二匹《ひき》をまとめてつかんだ。クモたちは手の中で、なんとか逃《に》げだそうとかさこそ動き、ライナスは背筋《せすじ》がぞくぞくした。牛乳箱《ぎゅうにゅうばこ》の中にクモをにぎった右手を入れ、左手で箱のふたをいったん閉《し》めた。箱の中は冷気がこもっていて、外の空気よりずっと冷たい。クモも寒くないかな？　いや、迷《まよ》っている場合じゃない！　ほんの少し、ライナスはクモが気の毒になった。右手をそっと開き、クモたちがはいだしていくのを感じる。その手をすばやくひっこめると、箱のふたがパタンと閉《し》まった。

ほっとして立ちあがり、道路を渡《わた》った。ななめ向かい側にはうす暗い戸口があり、そこからならバルタリの店の様子がよく見える。でも寒くてたまらず、じっとしていられない。体を温めようと、通りを行ったり来たりするうちに、霧雨《きりさめ》が降《ふ》ってきた。

もう家に帰ろうか、とライナスが思いはじめたちょうどそのとき、店に明りがついた。店内で影《かげ》がひとつ動く。ドアが開き、ふっくらした小柄《こがら》な姿《すがた》が外に出てきた。それがバルタリのご主人なのか、奥《おく》さんなのか、ライナスには見分けがつかなかった。そのだれかが腰《こし》をかがめて、牛乳箱《ぎゅうにゅうばこ》を持ちあげ、ドアが閉《し》まり、約十秒後に店の明りが消えた。

いったいなにを待っていたのかよくわからないまま、ライナスはもうしばらく、暗いショーウィンドウを見つめていた。悲鳴が聞きたかったのかもしれない……けれども、まったくなにも起こらなかった。

ライナスはゆっくりと道を離《はな》れた。そして角を曲がったところで、走りはじめた。

(うまくいった！　アプケは、ぼくのことをきっと誇《ほこ》りに思ってくれる！)

うれしさのあまり、ライナスはまだ暗い通りを走りつづけた。

ここまでは、すべてうまくいったのだ。

でも、そのあとのことは、ヨーロッパからアプケの次の手紙が届《とど》くまで、わからなかった。

19

その日、ライナスは、なにがあってもうれしい気分だった。霧雨《きりさめ》がだんだん激《はげ》しい降《ふ》りになっても、放課後、雨に肩《かた》をすくめながら、道を渡《わた》っていくリアムを見ても。先週、ライナスが腹《はら》をたてて立ち去って以来、ふたりは一度も口をきいていなかった。ライナスがリアムを見かけるたび、リアムはくるりと背《せ》を向けた。

ざあざあ降《ぶ》りのなか、ライナスは配達にでかけた。帽子《ぼうし》を深くかぶり、荷車をできるだけうまく動かして、水たまりを避《さ》けていった。すると七十六番街に、家財《かざい》道具の山ができていた。その山をよけるために、ライナスは荷車を車道におろして少し進み、通りすぎたところで、よく注意しながら荷車をまた歩道にあげた。そのとき目のすみに、なにか気になるものが見えた。

あのコートかけ……鹿《しか》の角のついた、あの変わったコートかけ。デ・ウィンター夫人の玄関《げんかん》ホールで見たものと、そっくり同じだった。ライナスは立ちどまり、帽子《ぼうし》を後ろにずらした。

そして、そのとき初めて、夫人の住むアパートのドアが開いているのに気がついた。男たちがふたり、出たり入ったりしながら、いろんなものをどんどん放りだして積みあげていく。ライナスが知っている道具は、ほかにもあった。

「トラックはまだかい？」

廊下《ろうか》からひとりがさけぶ。もうひとりはいすを下におろし、肩《かた》をすくめると、渋滞《じゅうたい》している道路を指さす。降《ふ》りしきる雨のなか、車の列はのろのろとしか前へ進まない。

ハロウィン以来、ライナスは、デ・ウィンター夫人のところへ配達に寄《よ》らなくなった。そのあと、夫人のことを一度も思いださなかった自分が、急に冷たい人間に思えた。いまでは、夫人の持ちものはむきだしのまま雨にさらされ、全部ぬれたって、だれも気にやしないのだ。作業員のふたりは、口笛を吹《ふ》きながら歩きまわっている。――もし夫人が、このありさまを見たら、すぐさま指揮《しき》を取るだろう。体こそ小さいけれど、きつい声で、大男たちに命令を下すだろう。そう想像《そうぞう》して、ライナスは小さく笑った。それから帽子《ぼうし》をかぶりなおすと、先を急いだ。

ミスターオレンジの家に着くころには、ずぶぬれになっていた。でも踊《おど》り場《ば》から降《ふ》りそそぐ音楽が、ライナスを温かく出迎《でむか》えた。

「ぬれねずみだね！」ミスターオレンジが、階段《かいだん》の上からライナスに呼《よ》びかけた。「そのままじゃ、風邪《かぜ》をひくよ」

ライナスはオレンジの箱を台所のドアのわきにおくと、帽子《ぼうし》をふって、しずくをはらった。体が急にぶるぶるふるえだした。雨のないところにきて、どんなに外が寒かったか、初めてわかった。

「ぬれた上着をよこしなさい。また外へ出るまえに、少し温まってもらわないと」

ミスターオレンジは、心配そうにライナスを見つめている。しずくのたれる上着をつまんで、奥《おく》へ向かうミスターオレンジのあとを、ライナスは歩いていった。

アトリエは暖《あたた》かく明るかった。ミスターオレンジは、ぬれた上着をヒーターの上にのせると、ライナスの前へいすをひきよせた。そして台所にもどりながら、「ちょうど紅茶《こうちゃ》を入れていたところなんだ」と、いった。

ライナスは、ヒーターの前にすわって背中《せなか》を温めた。音楽が部屋中を満たしている。はやいテンポでリズムをきざむピアノ、トランペットがそのピアノをまぜかえすように鳴《な》り響《ひび》いている。部屋を見まわすうちに、ライナスの足の先がリズムに合わせて、いつのまにかトントンと動きはじめた。窓《まど》にたたきつける雨まで、いっしょにリズムを取りたがっているようだ。

壁《かべ》には、色を塗《ぬ》った四角形が、まえよりもっと増《ふ》えていた。高いところにある窓《まど》の敷居《しきい》には、絵筆が一列ずらりとならんでいる。筆の先は、みな同じ角度にかたむいていて、どの筆もそろって部屋を見おろしているようだった。筆の横には、絵の具がこびりついたパレットもある。絵の具のつんとしたにおいが、暖房《だんぼう》のせいでいっそう強く感じられた。

紅茶《こうちゃ》を持ったミスターオレンジが部屋にあらわれたとき、音楽はちょうど終わった。ライナスにカップを差しだすと、ミスターオレンジは蓄音機《ちくおんき》のほうへ向かった。

「絵を描《か》くためのダンスホールだよ。ダンスのできるアトリエ、といってもいい」

レコードを裏返《うらがえ》しながら、そういった。そのあと、指で宙《ちゅう》をさすしぐさをして、次の曲がはじまるのを待っていた。

「この曲は、いままで聞いたなかで最高のダンス音楽なんだ！　お手本を見せてあげよう」

そして蓄音機《ちくおんき》の音量をあげると、手をたたきはじめた。まえの曲よりもっとはやいテンポだった。温かいカップを両手で抱《かか》えたまま、ライナスはそのダンスを見守った。

ミスターオレンジは、体の中心をほとんどゆらさず、手足だけを動かしている。軽く曲げた両腕《りょううで》を、音楽にあわせて、すごいはやさでぎくしゃくと左右にふっている。そして首を少しかしげて、ステップを小刻《こきざ》みに踏《ふ》みながら、後ろの壁《かべ》まで進んでいった。

「ためしてごらん！」といいながら、同じ足どりでもどってくると、ライナスを手招《てまね》きした。

「陽気な気分になるし、ズボンもはやく乾《かわ》くはずだ」

ライナスはためらった。ダンスの授業《じゅぎょう》のために練習する必要があったアプケと、家でワルツを踊《おど》ったことはある。でも、あれは単純《たんじゅん》な曲で、曲が終わったあともずっと頭に残るメロディーだった。

「わかったかい？　水平と垂直《すいちょく》がポイントだ！　これは新しいダンスなんだよ」

ミスターオレンジは疲《つか》れることなく、まるで大きな鳥のようにアトリエを行ったり来たりしている。そして踊《おど》っているあいだも、くそまじめな顔をしている。

ライナスは、笑いがこみあげてくるのを感じた。急いで立ちあがると、音楽にあわせて動きはじめた。よく考えないまま、手足を動かしてみた。

「スウィングしすぎてる」ミスターオレンジが、音楽に負けずに声をはりあげた。

「おしりをとめて！」

ライナスは、もう一度やってみた。足を動かしているのに、どうやったら、おしりをゆらさないでいられるんだろう？　この新しいダンスは、見た目ほど簡単《かんたん》じゃなかった。

「おしりが動きすぎだ！」

ミスターオレンジは、あの規則正《きそくただ》しいステップで遠くに行きながら、歌うようにいう。少し息をきらし、ときどき咳《せき》こんでいる。ライナスはおしりを動かさないように、両手をあててみたが、どうしても上下にゆれてしまった。

レコードが終わると、ライナスは窓際《まどぎわ》のいすにくずれるように腰《こし》をおろした。ミスターオレンジも踊《おど》りながら窓《まど》のそばまできて、ふたりはハアハアと息をきらし、ならんですわった。針《はり》がレコードに落ちるカチッカチッという音だけが響《ひび》いている。ライナスの体は温まっていた。

「ブギウギは、都市にぴったりの音楽だと思わないかい？」そういうと、ミスターオレンジは眼鏡《めがね》をはずし、手の甲《こう》で額《ひたい》をぬぐった。そばにいると、目の下にくまができているのが見えた。

「よく耳をかたむければ、にぎやかな町の音が聞こえ、すべてが絶《た》え間《ま》なく変わっていく。ひとつのリズムが別のリズムに変わり、対抗《たいこう》するリズムがまたそこに重なっても、いつもしっくくり噛《か》みあっている。これこそ、ニューヨークのリズムなんだよ」

ミスターオレンジの目はかがやいていた。

「遠かったり近かったり、はやかったり遅《おそ》かったり、あるいは明るかったり暗かったり。町の中じゃ、なにもかもが同時に起きている……わたしは、そのことを見せようとしてるんだ」

ミスターオレンジは自分自身に語りかけているようで、まなざしは、部屋のすみにあるイーゼルに向けられていた。イーゼルには大きなキャンバスがおいてあり、キャンバスの表面は壁《かべ》のほうへ向けてあった。ライナスには裏側《うらがわ》しか見えなかったが、四角いキャンバスはひし形になるようかたむけてある。そしてアトリエにあるのは、その絵一枚《まい》だけだった。

「あともう少しで完成だ……わたしはついにブギウギを、この絵にとらえたんだ」

ミスターオレンジは両手をパンとたたくと、立ちあがった。

「できあがったら、きみに見せてあげよう。見れば、わたしのいおうとしていることの意味が、自然にわかるだろう」

ミスターオレンジは、ヒーターにのせた上着を手に取って、乾《かわ》いているかどうか確《たし》かめると、ライナスが着やすいように持ちあげた。ライナスは上着の袖《そで》に、腕《うで》を通した。温かくて着心地がよかった。

外では、あいかわらず雨が降《ふ》っている。ライナスが建物を見あげると、レンガの壁《かべ》は雨のせいでさらに暗い色になっていた。にぎやかな町の中の陰気《いんき》な建物の奥《おく》に、あんなに明るい部屋があるなんて、とても想像《そうぞう》できない。

ライナスはとつぜん、シスにプレゼントしたオルゴールのことを思いだした。外側からは、なにも変わったところなど見えないのに、ふたを開ければ、小さな世界が思いがけず広がっているオルゴールのようだ、と思った。

それから帽子《ぼうし》をかぶりなおして、帰り道についた。（あの白い空間が、いまじゃぼくの頭の中にもあるんだ）と、ライナスは思う。建物の上にあるアトリエも、自分のものになったような気がする。好きなときに中をのぞけるオルゴールみたいに。

雨は降《ふ》っていても、上着はもう乾《かわ》いていて、ライナスは背中《せなか》に軽やかな風を感じていた。さっきのダンス音楽が、きれぎれに頭をよぎっては消えていく。ライナスはメロディーをいくつか、思いだせるかぎり口笛で吹《ふ》いてみたが、吹《ふ》いても吹《ふ》いても、また別のメロディーが浮《う》かんでくる。

ライナスは、帰宅《きたく》時間の人の流れをぬっていく。ときどき、頭の中の音楽にあわせて、ダンスのステップを踏《ふ》んでみた。でも、おしりはどうしてもゆれてしまった。

20

待つことにも慣《な》れてしまうなんて、おかしなものだ。ライナスはそう思う。郵便屋《ゆうびんや》は毎朝、片手《かたて》をあげてあいさつし、店の前を通りすぎていく。となりのヘンセンさんでさえ、毎日やってこなくなり、姿《すがた》をあらわしたときには、母さんができるかぎりヘンセンさんの質問《しつもん》に答えていた。指を一本ずつ、反対側の手で落ちつきなくひっぱりながら。

だからある雨の午後、郵便屋《ゆうびんや》が通りすぎずに店のドアをあけ、ぬれた帽子《ぼうし》に軽くふれてあいさつし、封筒《ふうとう》をカウンターに置いたとき、ライナスも母さんもちょっと面食らった。ライナスは配達用の品物をちょうど荷車に積み終えたところだったけれど、カウンターのほうへ行き、なつかしいアプケの字を見つめた。

母さんはエプロンのはしでぬれた封筒《ふうとう》をぬぐうと、ためいきをついて、ポケットの中にその封筒《ふうとう》をすべりこませた。家族全員が今晩《こんばん》、テーブルをかこんだときに、開けるのだろう。でもライナスにはそれまでの数時間が、手紙をずっと待っていたこの数週間よりも待ちきれなかった。配達で忙《いそが》しくしていられることがありがたかった。荷車を外にだすと、ヘンセンさんがやってきた。母さんはライナスの目配せに気がついて、ウィンクを返した。その目にはかがやきがもどっている。今日なら、近所の人たちが何千人来たって、母さんは平気だろう。

「みんなのお皿が空っぽになるまで、手紙は読まないぞ」と、父さんは宣言《せんげん》した。でもホウレンソウをなかなか平らげようとしないウィルケに、母さんはとうとうがまんできなくなって、「今回だけは特別よ」と、お皿をかたづけてしまった。しんとした部屋の中で、父さんが手紙を開けた。そしてテーブルを見まわすと、読みはじめた。

親愛なる母さん、父さん、シス、そして弟たち
食卓《しょくたく》を囲んだみんなの前で、父さんがぼくの手紙を読むんだって、母さんがまえに書き送ってくれた。そりゃあ楽しそうだ。ぼくもその場にいたいぐらいだよ。

父さんは、もう一度、みんなを見まわして、ほほえんだ。

だけど、この手紙の一部は……

父さんは読み聞かせるのをやめた。その目を、急いで行から行へと走らせている。

「先を読んで！」マックスは、すわっているいすを前後にゆらしてさけんだ。

「アッペ！　アッペ！」と、シスは小さな手で、テーブルをたたいている。

ライナスは息をのんで、父さんが便せんをめくり、もう一度読みなおすところをじっと見ていた。父さんは母さんのほうをすばやく見たあと、エヘンとのどを鳴らし、また読みはじめた。

親愛なる母さん、父さん、シス、そして弟たち

食卓《しょくたく》を囲んだみんなの前で、父さんがぼくの手紙を読むんだって、母さんがまえに書き送ってくれた。そりゃあ楽しそうだ。ぼくもその場にいたいぐらいだよ。

みんなは、どうしてる？　もっとはやくに手紙を書けなくて、すまなかった。兵隊っていうのはなかなか忙《いそが》しくて、手紙を書く時間と場所が見つからないこともあるんだ。ペンをにぎる

のもへんな感じがする——銃《じゅう》をきれいにしたり、穴《あな》を掘《ほ》ったり、おれの指はいまじゃぜんぜんちがう仕事をしてるからね。

いまいる山のなかは寒くて、吹《ふ》きさらしで、ほとんどひっきりなしに雨が降《ふ》っている。うちのベッドがかたすぎると思ってたことが、いまじゃ夢《ゆめ》のようだ。塹壕《ざんごう》の中で、何夜かすごすと〈塹壕《ざんごう》ってのは敵《てき》を攻撃《こうげき》したり、自分の身を守ったりするのに使う穴《あな》で、それも自分で掘《ほ》らなくちゃいけない〉、あのかたいベッドが恋《こい》しくてたまらなくなるよ！　とはいっても、疲《つか》れていれば、どこでも眠《ねむ》れる。でも、今日は軍用テントの中なんだ。テントの布《ぬの》は強風にひっぱられ、あちこちバタバタしてるけど、おかしなもんで居心地《いごこち》いいと思えるぐらいだ。なにしろ、とうとう骨休《ほねやす》めするチャンスができたんだし、家族に手紙も書けるし。それにひょっとしたら、足も温められるかもしれない！

みんなにすごく会いたい。町にもどりたい——ばかみたいだけどね！　だっておれは、ニューヨークは人も車も多すぎる、排気《はいき》ガスのにおいがぷんぷんするって、年中、いいつづけてたんだから。いまこの瞬間《しゅんかん》、うちの前の道をちょっと歩けて、ショーウィンドウを通してうちの店をのぞけるんだったら、なにをひきかえにしてもかまわない。もっとも、みんなは、二階の部屋でテーブルを囲んですわり、この手紙を読んでるから、店にはだれもいないはずだけど。

家族全員へ　愛をこめて

みんなのアプケより

「アッペ！　アッペ！」シスは、両手をたたいて喜んでいる。ライナスは、よくわからないいま、父さんと手紙を見くらべていた。

「ジェルヴァージの母さんのことは、なにもいってきてない？」

父さんは咳《せき》ばらいをした。そして手紙を折りたたむと、封筒《ふうとう》にもどした。

「うまくいったかどうか、アプケはひとことも書いてないの？　ジェルヴァージの母さんが、腰《こし》をぬかしたかどうか？」

ライナスは信じられないという顔で、父さんが上着の内ポケットに手紙をしまうのを見ていた。

「アプケが、忘《わす》れるはずないのに！」

父さんは母さんと目配せをしている。それから、父さんはいつものように下で翌日《よくじつ》の仕入表の用意をしようと、立ちあがった。

「アプケには、考えることがほかにもあるんだ。わかってやれよ、このタコ」

シモンが立ちあがり、ライナスの肩《かた》をどんと押《お》した。でもライナスは、押《お》されたことにもほとんど気づかず、その目は廊下《ろうか》に出て階段《かいだん》をおりていく父さんの背中《せなか》を見つめたままだった。

「落ちついてちょうだい、ライナス」

母さんが、ライナスの肩《かた》にそっと手を置いた。

「でも……」

「おちびちゃんたちのことを考えて」

肩《かた》の上の母さんの手に、力がこもる。ライナスはテーブルを見まわした。三人の大きな目が、自分のほうへ向けられている。マックスとウィルケは、(なに怒《おこ》ってるの?)という目だったけれど、シスの目はおびえていた。シスはくちびるを噛《か》み、いまにも泣きそうだった。

ライナスは立ちあがった。急に息苦しくなったのだ。もっと空気が必要だった。廊下《ろうか》を走り、コートかけの上着をひっつかむと、階段《かいだん》をかけおり、店を横ぎった。店のドアは開いていて、父さんが空《から》になった木箱を、郵便受《ゆうびんう》けのほうへ引きずっている。ライナスはなにも声をかけずに、その横を通って外の道へ出た。父さんがライナスに向かって、なにかさけんでいたようだが、ほんとうに聞こえたのかどうかもわからないし、もうどうでもよかった。

21

　外はものすごい風だった。手袋《てぶくろ》を忘《わす》れてきたライナスは、両手を深くポケットにつっこんだ。寒さのせいで胸《むね》が痛《いた》い。ライナスをひきとめるように、すさまじい風が顔に吹《ふ》きつけてくる。来るなら来い、とライナスは思った。だれかとけんかしたい気分だったし、相手は風でもかまわなかった。

　ライナスは背中《せなか》をまるめ、まえのめりになった。走らなくちゃ。思いきり走って、目の前の道を離《はな》れ、角を曲がり、なんにも考えずにひとつの方向に向かって、遠くへ、もっと遠くへ行かなくちゃ。できるものなら自分自身からぬけだし、アプケ、アプケと回りつづける自分の考えよりはやく走りたかった。肺《はい》が破裂《はれつ》しそうになり、息ができなくなって初めて立ちどまると、体を前にかたむけ、ひざに両手を当てて、ハアハアと息をした。

しばらくして、ライナスは、自分がリアムの家のある道の角にいることに気がついた。一瞬《いっしゅん》、呼《よ》び鈴《りん》を鳴らして、アプケや手紙のことをリアムに話したくなったけれど……ライナスはまだ、リアムに腹《はら》を立てていて、仲直りする気などなかった。

それに、いったいなにを話したらいいんだろう？　冗談《じょうだん》を本気に受けとめた自分が、どんなにばかだったか話せばいいのか？　自分は首を長くして兄さんの便りを待っていたのに、兄さんはその間に冗談《じょうだん》をいったことさえ忘《わす》れてしまったって？

ライナスは背筋《せすじ》をのばし、また走りだした。

「ちょっと待ってくれ！」

ふりかえらなくても、ライナスは、ミスタースーパーがあとについてきていることを知っていた。ライナスは走りつづけた。息がきれてきたが、こんどはいい感じで、おかげで頭の中が軽くなった。

「おい、あんまり心配するなよ！　次はうまくいくから！」

ミスタースーパーは、まだライナスに追いつかない。

「ほっといて！」

ライナスはさらにスピードをあげ、はやく、どんどんはやく走っていく。冷たい空気が胸《むね》を噛《か》み、のどを刺《さ》しても、ライナスはとぶように走り、次の通りをかけぬけて、車の鳴らすクラクションも気にせず、くたびれて自分の足につまずきそうになるまで走り、そのあとはゆっくり歩いていった。心臓《しんぞう》が破裂《はれつ》しそうな勢《いきお》いでドキドキしている。

ようやくミスタースーパーが、ライナスに追いついた。

「いつから、ヒーローも、ふつうの少年に追いつくのが大変になったの？」

息がやっとできるようになってから、ライナスはたずねた。

ミスタースーパーも、ライナスと同じように息をきらしている。

「ふつうのじゃなくて、怒《おこ》っている少年だ。怒《おこ》っている少年には、超能力《ちょうのうりょく》があるんだろう」

ミスタースーパーは街灯にもたれて、言葉をついだ。

「それに、そうだな、たぶんわたしもいつもほど調子がでなかったんだ。ヒーローにも、そんな日があるさ」

「働きすぎじゃないでしょ？　衣装《いしょう》を修理《しゅうり》したぐらいで？」

ライナスは自分の声が感じ悪いことに気がついたけれど、どうでもよかった。

「衣装《いしょう》じゃない、フィットスーツだ。それに忘《わす》れないでくれ。戦争は進行中なんだ」と、ミスタースーパーは答えた。

「『次はうまくいく』って、どういう意味？」

「つまりだね……きみの最初の任務《にんむ》を、わたしに手伝わせてくれたら、きっともっとうまくいっただろうという意味さ」

ミスタースーパーは、ライナスの肩《かた》に手をかけ、奇妙《きみょう》な目つきでライナスを見つめた。目つきの意味がライナスにはすぐにはわからなかったけれど、いやな感じがした。

「アプケは、わたしがきみを手伝えると思っていたから、あの任務《にんむ》を依頼《いらい》したんだろう」

「任務《にんむ》って？　ばかばかしい冗談《じょうだん》のこと？」ライナスはミスタースーパーの手をふりはらって、先へ進んだ。「それに、自分ならうまくやれたって思ってるわけ？　スーパーグモかなんかを使って？」

返事はなかった。ライナスがふりかえると、ミスタースーパーはどこかの家の玄関前《げんかんまえ》の階段《かいだん》に腰《こし》をおろし、ひじをついて、苦しそうに息をしている。そして、あいかわらずあの奇妙《きみょう》な目つきをしている。

ライナスは肩《かた》をすくめ、先へ歩いていく。

角を曲がったとき、ライナスは、ミスタースーパーの目つきを表現《ひょうげん》する言葉を思いついた。「同情《どうじょう》」だった。彼《かれ》は、まるで自分に責任《せきにん》があるような目でライナスを見ていたのだ。

兄さんがぼくのことを忘《わす》れてしまったから？　ライナスは首を横にふった。考えれば考えるほど、アプケのことが信じられなくなってきた。きっと、なにか別の事情《じじょう》があったんだ。ライナスは、おかしな目つきをしていた父さんのことも、思いだした。あれも同情《どうじょう》だったのかな？　父さんは、文の途中《とちゅう》で読むのをやめた。「この手紙の一部は……」というところで。

ライナスはふと立ちどまった。大変なことになっているのかもしれない。冗談《じょうだん》の度がすぎたとか？　ぼくの入れたクモの数が多すぎて、ジェルヴァージの母さんはショックをうけ、誕《たん》生日《じょうび》そのものが台無しになったんじゃないだろうか。たぶんアプケはそう書いてきて、でもライナスには伝えるな、ということだったのかもしれない。この手紙の一部は、ライナスは読まないほうがいいとか……。

ミスタースーパーはそのことを伝えたかったんだろうか？　手伝ってもらっていたら、手に負えない事態《じたい》にはならなかったということ？

ライナスは道の角まで走ってもどってみたが、階段《かいだん》にはだれの姿《すがた》もなかった。ミスタースーパーは、どこにも見あたらなかった。

22

次の日、ライナスは母さんがひとりで店番をするときに、手紙の内容《ないよう》を聞きだそうと思っていた。母さんのほうが、父さんより口が軽いからだ。

けれども、ライナスが配達からもどってみると、店はお客でごったがえしていた。

ライナスが後ろから近づくと、母さんがいった。

「マックスは、おちびちゃんたちを連れて外に行ったわ。じゃがいもの皮をむいてくれる？」

声にはくたびれた響《ひび》きがあり、きのうの目のかがやきも消えていた。

ライナスは荷車をいつもの場所にもどすと、階段《かいだん》をのぼった。家はしんとしていて、聞こえてくるのは父さんの小さないびきの音だけだった。ライナスは、古新聞の上にじゃがいもをのせて、居間《いま》の中に運んだ。そのあと鍋《なべ》に水を入れてきて、テーブルの前にすわった。

家がこんなに静かなことは、めったにない。ライナスは、一個目《こめ》のじゃがいもの皮をむきおえると、ポチャンと水に入れた。あたりがあんまり静かなので、手紙のことを考えないようにするのが、ひどく難《むずか》しかった。ライナスは二個目《こめ》のじゃがいもを手に取った。

テーブルの向かい側のいすの背《せ》もたれには、父さんの上着がかけてある。ライナスの視線《しせん》は思わずそちらのほうへ向かったが、心を決めて、じゃがいもの皮をむきつづけることにした。けれども、視線《しせん》は好き勝手なほうへ向かってしまう。ナイフの先を見ていても、いつのまにか上着の内ポケットを見つめている。ライナスがほんの少し体をかたむけると、封筒《ふうとう》のはしがでているのが見え……。

「いたたっ！」

ライナスはナイフで、人さし指を切ってしまった。ナイフをテーブルに置くと、ライナスは指を口に入れた。血がとまるまで待っていないといけない。そのあいだ、ライナスには内ポケットの中の白い封筒《ふうとう》を見つめる時間ができた。でも、見てはいけないのだ。じゃがいもの皮むきを続けないと。今晩《こんばん》、おちびさんたちが寝床《ねどこ》に行ったら、手紙になにが書いてあったのか、父さんにきいてみよう。

人さし指を口に入れたまま、ライナスは立ちあがった。テーブルをまわって、上着の上にかがみこんだ。空いているほうの手で白い紙のはしをそっとひっぱり、気がつくと、封筒《ふうとう》はライナスの手の中にあった。

父さんのいびきに耳をそばだてながら、ライナスは封筒《ふうとう》から便せんを取りだした。目を文章に走らせているあいだ、手はふるえていた。

親愛なる母さん、父さん、シス、そして弟たち

食卓《しょくたく》を囲んだみんなの前で、父さんがぼくの手紙を読むんだって、母さんがまえに書き送ってくれた。そりゃあ楽しそうだ。ぼくもその場にいたいぐらいだよ。

（だけど、この手紙の一部は、読み聞かせに向いていないんだ。その部分は、（　）で、くくっておいた。そこは父さんと母さん用なんだ）

みんなは、どうしてる？　もっとはやくに手紙を書けなくて、すまなかった。

ここでやめなくちゃ、とライナスは思った。読むのをやめて、手紙をたたんで封筒《ふうとう》に入れ、

父さんの上着の内ポケットにもどしておかないと。けれども手は思いどおりに動かず、目はさらに先を読んでいく。知っている部分をとび越《こ》して、また、かっこにくくられたところまで。

なにしろ、とうとう骨休《ほねやす》めするチャンスができたんだし、家族に手紙も書けるし。それにひょっとしたら、足も温められるかもしれない！

（足がどうなってるのかわからないけど、ひどくかゆくて、まるで寒さに足を食われたみたいだ。こっちじゃ、年がら年じゅう、足を乾《かわ》かしておくようにっていわれる。だけど、昼も夜も雨のなかを歩くんだから、できっこないよ）

ライナスは目をそらすことができず、視線《しせん》は戦車のように、どんどん先へ進んでいった。

（どうして準備万端《じゅんびばんたん》だなんて考えたのか、わからない。いまとなっては笑い話だ。ああもう、まったく。戦争にどうやってそなえられるんだ？　おれたちは悲惨《ひさん》な戦場からもどってきた。負傷《ふしょう》した者、殺された者が大勢《おおぜい》いる。ニューヨーク出身で、このあいだの手紙に書いたジェルヴァージも、そのひとりだ。手《しゅ》りゅう弾《だん》にやられて、野戦病院に運ばれたが、助からなかった。あまり知らないほかの大勢《おおぜい》のやつと同じように、死んでしまった。人の死には、あっという間に慣《な》れる。そういわなくちゃいけないのは、恐《おそ》ろしいことだ。だけど、ジェルヴァージみたいに仲良くなって、いっしょになんでもやってきた仲間が死ぬと……どうしようもなくつらいんだ。このことは、父さんや母さんにはいわなければよかったかもしれない。とくに母さんはひどく心配するだろうし、父さんも同じ気持ちだってわかってる。でも、だれかにそれを話せることで、少しは気が楽になる。まわりにいる連中は、どいつもぞっとするような話のネタしかないから、おたがい話はするけど、あまり長いこと話しこまないようにしてるんだ。辛口《からくち》の話に聞こえると思うけど、それでもおれは、自分たちがなんのためにこうしているか、いつも思《おも》い描《えが》くようにしてる。でも戦争っていうのは、中にものすごい毒があって、それにやられてしまう……)

みんなにすごく会いたい。町にもどりたい――ばかみたいだけどね!

ライナスは便せんの紙を見つめた。アプケは小さな几帳面《きちょうめん》な字で、どうして、こんなにこわいことをかけるんだろう？　ライナスは吐《は》き気《け》をおぼえた。砂糖《さとう》つぼの砂糖《さとう》をものすごくたくさん食べたときみたいに。

ものすごい砂糖《さとう》？　ものすごい毒。

ものすごいものを読んでしまった。

両手がふるえている。道で子どもが泣いている。あれはシスの声？

便せんをたたんで、封筒《ふうとう》に入れようとしたけれど、指がうまく動かなかった。体がかっと熱くなった。紙で指が切れて、血がちょっと便せんににじんだ。ライナスはそのしみを消そうとして、逆《ぎゃく》に広げてしまった。シスとマックスの騒《さわ》ぐ声はもう窓《まど》の下まで来ていて、店のドアの呼《よ》び鈴《りん》が聞こえる。ライナスはようやく便せんを封筒《ふうとう》にしまい、急いで上着の内ポケットにもどした。マックスとおちびさんたちが、階段《かいだん》をバタバタとのぼる音を聞きながら、ライナスは自分のいすにすわりなおした。そして、手につかんだじゃがいもを見つめていた。軽いめまいをおぼえて。

ウィルケとシスは、父さんがいる寝室《しんしつ》のほうへ口げんかをしながら走っていく。居間《いま》にやってきたマックスは、なにもいわずにライナスの向かい側の、上着のかけてあるいすにすわった。

マックスは頭をテーブルにのせて、ため息をついた。ライナスも、ちびっこたちがどんなに手に負えないか、よく知っていた。しばらくして、父さんが、けんかを終えたウィルケとシスを左右に連れて入ってきた。眠気《ねむけ》のせいで、まだ腫《は》れぼったい目をしている。

「いったいどうした？　顔色が悪いぞ」

父さんは、にぎったじゃがいもを見つめているライナスにいった。

「指を切ったんだ」

ライナスは急いで答え、手をあげてみせた。

父さんは体を寄《よ》せると、ライナスの顔をじっと見つめた。

「指のせいで、そんなにガタガタふるえているのか？　まるで幽霊《ゆうれい》を見たような顔だぞ」

「もうだいじょうぶ」

ライナスは、手をおろした。シスとウィルケの口げんかがまたはじまって、さいわい父さんの注意はそちらに向けられた。ライナスは深呼吸《しんこきゅう》するとナイフを手に取り、じゃがいもの皮をむきはじめた。

23

「どうしたの？」
ライナスは、ぼんやりとつぶやき、目を開けようとした。何時間も、もがいたり寝返《ねがえ》りをうったりしてやっと眠《ねむ》りについたときに、だれかがベッドをゆらしたのだ。
「上の段《だん》にのぼるんだよ。おれは飛べないんだぜ」
あれはシモンだ……ライナスは安心して、寝返《ねがえ》りをうった。

でも、ちょっと待てよ、あれはシモンじゃない……はしごをのぼっていくのは兵隊だ。短剣《たんけん》の先に筆をつけて、壁《かべ》に灰色《はいいろ》の絵の具を塗《ぬ》りつけている。「かっこの中は読まない！」と、ひとりの兵隊がさけんだ。同じように筆を持った別の兵隊が来て、ライナスを後ろにおしやる。

ライナスには、壁全体《かべ》が、原色の四角でうめられているのが見えた。そこに何百もの兵隊が灰《はい》色《いろ》の筆を持って、突撃《とつげき》していく。ちっぽけな鉛《なまり》の兵隊の群《む》れのような連中だ。

ミスタースーパーが、両方の手に青いブーツをさげてやってきた。ブーツの底からは、ブシュブシュと音が聞こえるが、ジェット噴射《ふんしゃ》はしていない。

「足がかゆくてたまらない。かゆみがどんどんひどくなる」と、ミスタースーパーはいった。

「なんとかしてよ。あいつら、色を消しまくってるんだ」ライナスは大声で答えた。

「助けてくれないのか？　かゆくて、どうにかなりそうだ」

ミスタースーパーは、つらそうな顔で片足《かたあし》を持ちあげると、用心しながらつねった。

「ぼくのいってることが、わかる？」

ライナスは、ミスタースーパーの体を上下にゆさぶった。

「あれは未来の色なんだ！　助けがどうとかっていたけど、だったら、どうしてあの兵隊を助けてくれなかったの？」

「ずいぶん大勢《おおぜい》いるので、とても追いつかないんだ」

「アプケの友だちだったのに！」

「そりゃあ、だれだって、だれかの友だちだ。そんなこと、考えちゃいられない」

兵隊たちの一群《いちぐん》が、ミスタースーパーをとりかこんでいるけれど、どの兵隊も彼《かれ》の足首まで背《せ》が届《とど》かない。兵隊たちは、ミスタースーパーのフィットスーツにしがみついて、のぼっていく。明るい黄色は、たちまち灰色《はいいろ》の下に消えた。ライナスは、小さな兵隊をひきはがそうとした。でも、ふたりひきはがしたと思ったら、もう四人やってきている。

「ずいぶん、たくさんいるな」

ミスタースーパーは、うるさいハエかなにかみたいに、兵隊たちを手でふりはらった。兵隊たちは、いまやミスタースーパーの赤いベルトのところまでのぼってきている。とうとう、ライナスの足もかゆくなってきた。見れば、兵隊たちがふくらはぎをめざして、自分の足をのぼっているのだ。ひざの裏側《うらがわ》をチクンと刺《さ》したので、ライナスは悲鳴をあげ、兵隊たちをたたき、けり、追いはらおうとした。

「静かにしろ」と、ひとりが怒《おこ》ってさけんだ。「これじゃ作業できない！」

ライナスは気がつくとベッドの枠《わく》をけっていた。そして起きあがった。胸《むね》がドキドキしている。

「静かにしろ、これじゃ眠《ねむ》れない」と、シモンが文句《もんく》をいう声が聞こえた。

ライナスはふとんをはねのけて、ベッドのふちにすわった。上のベッドでは、シモンが軽いいびきをかいて、また眠《ねむ》りはじめた。

こんな暗やみのなかで、手紙の言葉をひとりきりで抱《かか》えこんでいるのには耐《た》えられない。

(明かりをつけた居間《いま》ですわっていよう、そうすればまた気持ちが落ちつくはずだよ)

ライナスは、セーターと靴下《くつした》を手探《てさぐ》りで見つけると、静かに起きあがった。

居間《いま》からは、ぼそぼそと声が響《ひび》いてくる。父さんと母さんはまだ起きてるのだろうか?

ライナスはしのび足で居間《いま》に近づき、ドアに額《ひたい》をくっつけた。そうすれば、よく知っているふたりの声が聞こえるし、自分の気分も落ちつくんじゃないかと思ったのだ。

「わたしはいっしょに行きません」母さんの声は、くぐもっていた。

沈黙《ちんもく》。

「あそこへは行けません。あそこにはいられません」

母さんは、ほとんど聞きとれないほど小さな声でいった。

「あの人たちの息子だぞ」母さんの言葉に驚《おどろ》いたのか、父さんの声が大きくなった。

「あの方たちとは知りあいじゃないもの。一度も会ったことがないのよ」

「うちの息子の戦友だぞ」

沈黙《ちんもく》。

「立場があべこべだったら——」

バン！と強い音。ライナスはとびあがった。

「やめてちょうだい、バーティ」母さんはもういちど、テーブルを強くたたきながら、そういった。「この家で、そういう話はださないでちょうだい。うちのアプケのこととして」

ライナスは、その場に立ちすくんだ。次に訪《おとず》れた沈黙《ちんもく》は、まえより長かった。ライナスは寒気を感じ、ベッドへもどろうと向きを変えた。

居間《いま》の中では、いすを後ろに下げる音が聞こえた。

「だったら、ひとりで行く」父さんの声は静かだった。

ライナスは廊下《ろうか》を急いでもどった。ベッドにもぐりこんだ瞬間《しゅんかん》、居間《いま》のドアが開く音がした。

ふとんをあごまでひっぱりあげて、ライナスは階段《かいだん》をおりる父さんの足音に耳をすました。

それからずいぶん経《た》って、店の呼《よ》び鈴《りん》が鳴ったあとも、ライナスはまだガタガタとふるえていた。いくら寝返《ねがえ》りをうっても、体は少しも温まらなかった。

目を開けたまま、ライナスは母さんがベッドへ向かう物音を聞いていた。あたりがまた静まったころ、ライナスはベッドの外にそっと出て、父さんと母さんの寝室《しんしつ》へ向かった。手探《てさぐ》りでふたりのベッドを見つけると、とつぜん心配になって立ちどまった。確《たし》かに昔は、父さんが市場へ出かけていく物音で目をさますと、ライナスはよく母さんの横にもぐりにいったものだ。でもいま、そんなことをしているのは、おちびさんだけだった。

「ライナス」

そういって、母さんがふとんをめくってくれる音が聞こえた。この暗がりのなかで、母さんにはどうしてわかるんだろう?

母さんの横にいると、体はすぐに温まった。なにもいわなかったけれど、母さんが目をさましているのはわかった。いっしょに起きていようと、ライナスはがんばってみた。けれども、いつのまにかまぶたがおりて……ライナスは眠《ねむ》っていた。

24

「気をつけて、どこ見てんのよ！」

ライナスはとびあがった。おしゃれなスーツを着た女性《じょせい》が、ふりかえって立ちどまり、こわい目でライナスをにらんでる。そして怒《おこ》ったようにハイヒールのかかとを鳴らし、人ごみに消えていった。

手紙のことが頭から離《はな》れないライナスは、午後、そんなふうに何度も通りがかりの人に荷車をぶつけてしまった。アプケの言葉は、配達にまわるあいだじゅう、ライナスにつきまとっていた。ほんの少しずつ、ライナスは、自分がどんなにばかだったか理解《りかい》しはじめた。

世界では戦争が起こっているのに、ぼくはクモを使って、だれかを驚《おどろ》かそうとしてたんだ。

イタリアではぞっとするようなことが起きてたのに……自分のことで頭がいっぱいだったん

だ。

（ぼくはぜんぜん、わかってなかった！　でも、これからは同じじゃないぞ）

そう決心を固めて、ライナスは荷車を引いていった。

家に帰ると、青い星がまっさきに目に入った。青い星のついたペナントが、ショーウィンドウの左すみにだしてあったのだ。ライナスは荷車を裏《うら》にしまうと、古新聞の山からひとつ新聞を取って、また店の中へ入った。

「どうして、急にあれをだしたの？」

母さんがお客の相手を終えると、ライナスはそうたずね、ショーウィンドウを指さした。

「気が変わったのよ」

母さんは、ライナスに背《せ》を向けたまま答えた。ライナスがどんなつもりでそうきいたのか、母さんにはわかっていたからだ。レジのひきだしを閉《し》めると、注文票になにか書きこみ、それが終わると、母さんはライナスのほうに向きなおった。

「自由のために、アプケが命を賭《か》けていることを、みんなに知ってもらいたくて」

母さんはライナスを、静かに見つめた。

そのとき、店の呼《よ》び鈴《りん》がチリンチリンと音を立てた。

ライナスは巻《ま》いたひもをカウンターから持ちあげ、二本長く切ると、手に巻《ま》きつけた。そしてわきに新聞をはさんで、上へあがっていった。おかしなもので、二、三日前だったら、ライナスは青い星が自慢《じまん》でたまらなかっただろう。かっこいいとか、わくわくすると思っただろう。けれども、いまではあのペナントのせいで、アプケの手紙のことや、バルタリさんの店のショーウィンドウに飾《かざ》られたペナントの青い星のことを、思いだすのだった。


ライナスは自分の部屋に入ると、古新聞をまず床《ゆか》に敷《し》いた。そのあと、ベッドの下にもぐりこんでアクションコミックスの山を取りだした。そしてなんのためらいもなく、新聞紙のまんなかにその山を置き、新聞紙でくるむと、取りだしたひもでしっかりと結んだ。それから残りの新聞紙を広げ、もうひとつの山をだした。その山を新聞でつつみ、もう一本のひもでしばろうとしたとき、急に気が変わった。

片手《かたて》をのばして、ベッドの下のノートをだし、そのノートの束をひざの上にのせた。一番上のノートのページをぱらりと開くと、ミスタースーパーが雨のように飛んでくる手《しゅ》りゅう弾《だん》や弾丸《たま》から、ひとりの兵隊を守っている絵がでてきた。


「そこでなにをしてるんだ？」

ミスタースーパーは、こぶしで弾丸《たま》をはねのけ、目のすみでライナスを見ている。

「かたづけだよ。もっとはやくに、やっておかなくちゃいけなかったんだ」

「かたづけだって？　わたしのことを追いはらいたいのか？」

「冗談《じょうだん》をいっているふりをしようとしたけれど、その声はちょっとおびえていた。

ライナスは、ひもを手もとにひきよせた。

「まさか、本気じゃないだろう？」ミスタースーパーは手《しゅ》りゅう弾《だん》を取りおとしそうになった。

「だが、どうして？　ときどき、わたしがへまをするせいか？」

「関係ないよ」

ライナスは首を横にふった。

「わたしだってがんばっているんだ！　ヒーローでいるのも楽じゃない。それに、いままでは、またうまくいってるのだよ。ほら、見るがいい」

ミスタースーバーは右手で手りゅう弾《だん》をつかむと、空高く放りなげ、放物線を描《えが》いて落ちてきた手りゅう弾《だん》をこんどは左手で受けとめて、遠くへ放りなげた。

「わかっただろ？」そういって、ヘルメットを軽くたたいた。「わたしはまた絶好調《ぜっこうちょう》なんだ！」

黙《だま》ったまま、ライナスは自分の手もとを見つめていた。

ミスタースーパーが助けてくれるなんて、なぜ考えることができたんだろう？　目を開けたまま、眠《ねむ》っていたようなものだ。そのあいだぼくはずっと、真実から目をそらし、ミスタースーパーの広い背中《せなか》のかげに隠《かく》れていたんだ。

そう、ミスタースーパーは、まったく助けにならなかった。

ライナスは乱暴《らんぼう》にページをめくった。

「わたしはできるかぎり、やってるんだ！　ほら、救ってるじゃないか！」

次のページで、ミスタースーパーがさけんでいる。空中で燃《も》えあがる飛行機を、両手で抱《かか》えながら。

ほんとにじゃない、とライナスは思った。

「待て！」

ミスタースーパーのジェット噴射《ふんしゃ》が、シューッと、いらついた猫《ねこ》のような音を立てている。

「わたしたちはずっといい友だちでいられるだろ？　わたしと、きみと……アプケは」

「ぼくも、そうだと思ってたんだ。だけど、アプケを戦争に送りこんだのは、あなたでしょ」

ライナスは額《ひたい》にしわをよせた。

「え、いまなんていった？」

ミスタースーパーは抱《かか》えている飛行機に注意をはらうのを忘《わす》れていた。飛行機はエンジン音をとどろかせながら、落下していく。

「わたしの記憶《きおく》が正しければ、アプケは志願《しがん》して、行ったんだ」

「あなたが、戦争なんか簡単《かんたん》に勝てる、というふりをしたせいじゃないか！　戦争なんてたいしたことない、憎《にく》らしい敵《てき》なんて、一、二の三で、やっつけられるって」ライナスはため息をついた。「あなたには、戦争が、わくわくする冒険《ぼうけん》みたいなものなんだ。漫画《まんが》にぴったりの冒《ぼう》険《けん》。全部、想像《そうぞう》の産物なんだ」

「いつから想像《そうぞう》がいけないことになったんだ？」

る。ミスタースーパーは驚《おどろ》いてたずねた。飛行機の調子をもどして、また空へ飛ばそうとしてい

「いけないわけじゃない。ただ……シモンのいうとおり、ぼくはもう、漫画《まんが》を喜ぶ年じゃないってこと」

「いったい、いつからきみは、あの不機嫌《ふきげん》な兄さんのいうことを聞くようになったんだい？　あいつに、想像力《そうぞうりょく》のことがわかってたまるか。だったら、ひとつ例を見せたまえ！」

ミスタースーパーは、飛行機から左手を離《はな》して、広い胸《むね》をたたいた。

「わたしがもうこんなことをする年じゃない、とでもいうのかね？」

ライナスは迷《まよ》いながら、新聞のすみっこを見つめた。

「想像《そうぞう》じゃ戦争に勝てない。想像《そうぞう》じゃアプケは守れない」

「とんでもない、守れるさ！　わたしのそばなら安全だ、保証《ほしょう》する！　わたしの戦争のなかで、アプケは安全このうえないんだ！」

ミスタースーパーの声はひっくりかえっていた。

「あ、あ、あなたの戦争じゃ、そうかもしれない。でも、そこがまさに問題なんだ」

ライナスはノートを閉《と》じると、ほかのノートといっしょに、上から新聞紙をかけた。そして、そこからミスタースーパーがぬけださないように、全体重をかけてひもを結んだ。

ミスタースーパーの戦争は、アプケが戦っているのとは、別の戦争なのだ。

ライナスはふたつの包みを、ベッドの下の一番奥《おく》へつっこんだ。アプケの戦争は現実《げんじつ》だった。

ライナスがこわくなるほど、現実《げんじつ》のものだった。

25

オレンジが、いつもの倍の重さに感じられる。ここ数日の最低な気分のせいで、なにもかもが重くてたまらない。ライナスは、のろのろと階段《かいだん》をのぼっていった。

「やあ、ライナス。中へお入り」ライナスが上に着くまえに、ドアが開いた。

ライナスは迷《まよ》った。

「時間がないのかい?」ミスターオレンジは、ライナスを注意深く見つめてたずねた。

「だいじょうぶかい?　お兄さんになにか起きたわけじゃないね?」

「アプケはだいじょうぶです。だけど、ニューヨーク出身のアプケの友だちが……亡《な》くなったんです」

ライナスはそういうと、木箱をガタン!　と床《ゆか》に置いた。

「戦争のせいで、死んじゃったんです」

木箱の音が大きいのにびっくりしたが、でもライナスはそのいっぽうで、大きな音を立てたいと思っていたのだ。

「くそっ、そうか」ミスターオレンジはため息をついた。「このろくでもない戦争は、くそったれだ」そういうと体をかがめ、オレンジをふたつ木箱から取りだして、咳《せき》こんだ。そして、ゆっくりと体を起こした。

「わたしは戦争のことを、悪い魔女《まじょ》と、呼《よ》んでいるよ。白雪姫《しらゆきひめ》の魔女《まじょ》みたいなもんでね。あいつには意地悪な技《わざ》がいっぱいあるから、やっつけるのが難《むずか》しいんだ」

ライナスは、ミスターオレンジのあとについて台所に入った。テーブルの上には皿が二枚《まい》、用意してある。いつもどおり、ライナスのことを考えてくれていたのだ。最低の気分が、少しましになってきた。むこうの、アトリエのドアはほんの少し開いている。ライナスは台所のいすにすわり、絵の具のにおいをかいだ。

「受けて立つしか方法はない。抵抗《ていこう》を続けるほかないんだ」

ミスターオレンジは、ライナスの向かい側にすわった。

「でも、あなたは戦争から逃《に》げましたね」と、ライナスの口から言葉がもれた。ライナスはそういったことを後悔《こうかい》しなかった。それは、ここしばらく、ライナスにつきまとっていた考えだった。

ミスターオレンジはうなずいた。ライナスの言葉にたじろいだ様子は見えなかった。

「だれもが、自分のやり方で戦うんだ。きみの兄さんは若《わか》くて強い。だから筋力《きんりょく》で敵《てき》と戦える。だがわたしのような年寄《としよ》りは、どうしたらいい？」ミスターオレンジは乾《かわ》いた笑いを浮《う》かべた。「敵《てき》はわたしを打ちのめすだろう」

そして、オレンジの皮をナイフで切っていく。半分、四分の一、八分の一。

「わたしは、想像力《そうぞうりょく》でやっていくほかないんだ」

「想像力《そうぞうりょく》？」

その言葉がライナスをゆさぶった。最低の気分が、とつぜんまたぶりかえしてきた。

「戦争に想像力《そうぞうりょく》がなんの役に立つんです？　想像《そうぞう》じゃ、弾丸《たま》から身を守れないでしょ。本物の弾丸《たま》だったら」

「待った！」と、ミスターオレンジはナイフをふった。「いいかい！　想像力《そうぞうりょく》は強力な武器《ぶき》なんだよ」

ライナスは考えこんだ。――この人には、ぜんぜんわかってない。自分は絵に囲まれて、このすばらしい場所にいるんだもの。ヨーロッパで、ほんとの兵隊が、ほんとに死んでいくそのあいだ、ここにすわって、ちょっと絵を……。

ライナスはさけんだ。

「想像力《そうぞうりょく》が、なんでもおおい隠《かく》すんです！　現実《げんじつ》をなんでも。たとえば戦争、弾丸《たま》、負傷兵《ふしょうへい》を」

なんで、ぼくはいま、ミスターオレンジにこんなに腹《はら》を立ててるんだろう？　あとで家に帰ったら、ミスターオレンジが二度とうちに注文しないことを、説明しなくちゃいけない、とライナスは思った。「お客さんの言葉がいつでも正しいんだ」という父さんの声が、頭の奥《おく》で鳴り響《ひび》いている。でも、怒《いか》りをとめられなかった。まるで荷車に乗って丘《おか》を下るように、ライナスはブレーキもかけずにかけおりていく。丘《おか》の下は断崖《だんがい》、そこをめざして、速度はどんどんあがっていく。だれもライナスをとめられない。ミスタースーパー以外は。ミスタースーパーなら、ヘルメットをずらすこともなく、荷車の前に身を投げだし、ジェット噴射《ふんしゃ》を全開にして、ライナスを片手《かたて》で押《お》しとどめられるだろう。でもミスタースーパーをお払《はら》い箱《ばこ》にしたのは、ライナスだった。それはそれでよかったのだ。ミスタースーパーのことを考えただけで、もっと腹《はら》が立ってきたのだから。

「ここは、全部、すばらしいです」ライナスはアトリエのほうを指さした。「でも、ここはあんまり……」ライナスはふさわしい言葉を探《さが》した。外で車のクラクションの音がする。

「あんまり離《はな》れすぎています。ここにいたら、ほんとの世界は存在《そんざい》しないって、思えるくらい」

ミスターオレンジは顔色ひとつかえずに、オレンジの皮をむきつづけた。その表情《ひょうじょう》からは、なにも読みとれなかった。

「あなたは白雪姫《しらゆきひめ》と悪い魔女《まじょ》の話をしてくれました……でも、あれはおとぎ話の人物です」

ヒーローと同じように、と、ライナスは続けて考えた。

「想像《そうぞう》のなかにだけ、存在《そんざい》するんです」

「だが、想像力《そうぞうりょく》は、はるかそれ以上のものだよ！」

ミスターオレンジは、テーブルのむこうにいるライナスのほうへ、オレンジをのせた皿を差しだした。ふしぎなことに、ミスターオレンジには腹《はら》を立てている様子がまったくなかった。

「想像《そうぞう》っていうのは、存在《そんざい》しないものを考えるだけじゃない。本物を作るのに、まさに想像《そうぞう》力《りょく》が必要なんだ」ミスターオレンジは、ライナスにとびきりの笑顔をむけた。

「初めはまだ存在《そんざい》しなかったけれど、あるときあらわれる新しい物事は、だれかがそれを思いついたから存在《そんざい》する。すべては想像《そうぞう》からはじまる――人間が作りだしてきたものはすべて、想像《そうぞう》が第一歩だったんだよ」

ミスターオレンジは、まわりに手を広げた。

「家の中だろうと、外だろうと、この町で目にするものはなんでも、手でふれたり、指《さ》し示《しめ》したり、にぎったりできるものはなんでも、つまり『ほんとうの』と呼《よ》ばれるものはすべて、かつてだれかの頭の中で、ひとつの考えとしてはじまったんだ。想像力《そうぞうりょく》がなかったら、なにひとつ、生まれてこなかった」ミスターオレンジは外を指さした。「通りも、建物も、町もなかった」

まるで熱のある人のように、そのほおが赤らんだ。

「このテーブルだって」と、ミスターオレンジはテーブルをたたいた。「この家だって」そういうと、足で床《ゆか》を踏《ふ》み鳴《な》らした。「どれも堅固《けんご》で、どれも本物だ。すべて本物なのは、想像力《そうぞうりょく》のおかげだ。夢《ゆめ》見る力はそれほど強いものなんだよ」

ミスターオレンジは、これほど明白なことはない、といいたそうな顔をしていた。ライナスはオレンジをひと切れ、手に取った。

「ぼくには、それがなんで全部戦争と関係してくるのか、わかりません。つまり……」と、ライナスはためらった。

「例えばあなたの絵です」ライナスは、どうしてもきいておきたかった。「キャンバスに絵の具を塗《ぬ》るだけで、戦争に勝てるんでしょうか？」

「きみが思っているくらい、想像力《そうぞうりょく》が無力だったら、ナチス・ドイツも想像《そうぞう》をこわがる必要はない」

「こわがる？」ライナスはミスターオレンジを見つめた。

「信じられないだろう？　だが、キャンバスに絵の具を少し塗《ぬ》ったものを、やつらはこわがっているんだ。あんまりこわいので、わたしの絵を飾《かざ》ることを禁止《きんし》したんだよ」

ミスターオレンジは、おどけるようにいった。

「禁止《きんし》？」

ミスターオレンジがほほえむのを見て、ライナスは驚《おどろ》いた。

「ほかの大勢《おおぜい》の仲間たちの作品もそうだよ。ナチスのじゃまになるあらゆるものが禁《きん》じられた。

ナチスは、どんな考えであれ、ちがう考えを持っている者たちの口を封《ふう》じたいんだ」

そういったあと、もういちど、今度は少し悲しそうに笑った。

「もし、あんなにひどいやり口じゃなかったら、禁《きん》じられたことを誇《ほこ》りにしたいぐらいだ」

「だから、逃《に》げる必要があったんですね。危険《きけん》を冒《おか》していたから！……こわくなかったですか？」

「自分のことはどうでもよかったが、作品が危険《きけん》を冒《おか》していることには不安になった。これ以上、絵画制作《かいがせいさく》ができなくなるんじゃないか、自分の絵を見せられなくなるんじゃないかってね。そうなったら、ナチスの勝ちになってしまう」

ミスターオレンジは咳《せき》こんだ。

「だがさいわい、ニューヨークへ渡《わた》る手助けをしてくれる人がいたんだ。ここでなら、わたしはまた創《つく》りたいものが創《つく》れる」咳《せき》はひどくなり、それ以上話は続けられなかった。ミスターオレンジは立ちあがり、コップに水をくむと、蛇口《じゃぐち》の横で飲みほした。感情《かんじょう》がたかぶっているように見えた。

もう帰ったほうがいいかもしれない、とライナスは思った。けれども、ミスターオレンジはふたたびライナスの向かい側にすわると、なにもなかったように話を続けた。

「絵を描《か》くことは、わたしなりの戦いだ。未来はどう良くなりうるのか、わたしなりに追求しているんだ」

「未来？」ライナスは空《から》になった皿を、手もとからできるだけ遠ざけた。未来という言葉もいっしょに遠ざけるように。「戦争のどまんなかにいるのに、未来がなんだっていうんです？」

「戦争に勝つことは、未来のために戦う意味があるんだよ。人が自由でいられる未来。好きなことを考えたり、思いついたりする自由のために」と、ミスターオレンジはいった。

「もし、負けたら？」と、ライナスはたずねた。

「それはありえない」

「どうして、わかるんです？」

ミスターオレンジは、眼鏡《めがね》を通して、ライナスを静かに見つめた。

「わたしは信じているんだ。自由を奪《うば》われたら、人はかならず抵抗《ていこう》するものだと」

そういうと、こぶしをにぎり、Vの字になるように人さし指と中指をつきだした。

「ヴィクトリーのV……勝利のしるしだよ。やつらは、このジェスチャーさえ禁止《きんし》したのを、知ってるかね？」ミスターオレンジは、少年のような笑顔を浮《う》かべている。

ライナスは自分でもこぶしをにぎって、まねをしてみた。

「戦争に勝つことには、自由な想像力《そうぞうりょく》を持ちつづけられるようにする意味もある。そこが一番重要なんだ」

「つまり」と、ライナスはゆっくりと言葉を探《さが》した。「アプケは、あなたと同じぐらい熱心に、未来のために尽《つ》くしている……つまり、あなたが絵を描《か》きつづけられるように、戦ってるということですね」

ミスターオレンジは、両手でテーブルを押《お》さえ、身をのりだした。

「そのとおり。そして、きみはそれを見ることができるんだ……絵が完成したらね。さて、わたしはそろそろ仕事にもどらないと」

入口のドアに向かう途中《とちゅう》で、ミスターオレンジはライナスの肩《かた》に手をかけた。

「絵が完成したら、わたしのいおうとしたことが、きみにも見てわかるだろう。なんの説明もなしで……」

そういったあと、まるで会話にくたびれはてたようにため息をつき、そのため息が引き金となって、咳《せき》こみはじめた。

「じゃあ、また」

ミスターオレンジは小声でいい、手をあげてあいさつした。

ライナスはうなずいて、手をふりかえすと、階段《かいだん》をおりていった。未来はいったいどんなふうなのか、見たくてたまらなかった。少なくとも、ミスターオレンジが探《さが》している未来なら。

26

一日中、降《ふ》りそうで降《ふ》らなかった雪が、とうとう降《ふ》りはじめた。ライナスはレストラン「カステッリ」を出ると、ドアを閉《し》めた。夕食のあと、追加の注文を届《とど》けにきたのだ。店内はにぎわっていて、ドアのむこうから、お客たちの笑い声や話し声がまだ聞こえてくる。ライナスは新鮮《しんせん》な空気を吸《す》いこんだ。時刻《じこく》は八時すぎ、通りは静かだ。歩道には、もううっすらと白い雪が積もっていた。降《ふ》ったばかりの雪には、なんの跡《あと》もついていない。

空《から》になった荷車の車輪は、雪のせいで少しすべってしまう。ライナスは道の角で立ちどまった。まっすぐ行くのが、家への近道だった。でもまっすぐ行くと、バルタリの店もある……。ライナスは、ここからでも店の看板《かんばん》が見えるような気がした。最近では、そっちの道を避《さ》けて通っていたのだ。

帽子《ぼうし》を後ろにずらして、顔をあげた。暗い空を背景《はいけい》に、降《ふ》る雪が白くかがやいて見える。ライナスはしばらく目をつぶった。——永久《えいきゅう》に遠回りして、店を避《さ》けられるわけじゃない。

雪は、ライナスの額《ひたい》にやさしく当たる。ほおが冷たい。深呼吸《しんこきゅう》して、通りを渡《わた》った。降《ふ》りしきる雪のなか、道の反対側に、店の看板《かんばん》が少しずつ見えてきた。

建物には、どこにも変わったところはなかった。時間は遅《おそ》いし、店はもう閉《し》まっている。ここまで来たのだから、ちょっと通りを渡《わた》ってみようと、ライナスは思った。

店には、星がついたペナントがでている。

星がふたつ。ひとつは青い星。青いのはひとつだけ。

もうひとつの星は金色で、金の星は、戦死者を知らせるものだった。

あんなにきれいなものが、あんな恐《おそ》ろしいことを伝えるものなんだと、ライナスは思った。

星から目をそらすことができなかった。

しんしんと降《ふ》る雪のせいで、だれかの足音がすぐ近くに来るまで、ライナスは気がつかなかった。足音はライナスのすぐ横、バルタリの店の前でとまった。

それは、ひとりの兵隊の足音だった。ジェルヴァージの兄さんにちがいない。軍服はアプケの服に似《に》ていた。兵隊はポケットから鍵《かぎ》をだすと、店のドアを開けた。中に入るまえに、ジェルヴァージの兄さんはライナスを横目で見た。そして短くうなずいて、あいさつした。ライナスの父さんと同じように、「いつも丁寧《ていねい》に、どんな人でもお客様になるんだから」と、兄弟の父親もきっと教えていたのだ。ライナスがあいさつを返すまえに、店のドアは閉《し》まった。

雪にすべる荷車を引っぱりながら、ライナスは黙《だま》って先に進んだ。なにかやさしい言葉をかけてあげればよかった。でも相手はライナスのことを、もちろんまったく知らない。それに、いったいどんな言葉をかければよかったのか。弟を亡《な》くしただれかに、なんといえばよかったんだろう？　雪に音を吸《す》いこまれた道と同じように、ライナスの頭の中も、しんとしていた。

ショーウィンドウを通して、店にいる父さんが見えた。夜、父さんが店にいても、ライナスは別に驚《おどろ》かなかった。でも、父さんがあんなふうに野菜ケースにすわって、両手を太ももの上にのせたまま、前を見つめているのはめずらしかった。ライナスは窓《まど》をたたいた。

父さんは立ちあがって、ライナスを中に入れた。無言で、荷車の雪を落とすのを手伝ってくれた。荷車を奥《おく》にしまったあと、ライナスがおやすみなさいをいうために、店のすみをもういちどふりかえると、父さんは野菜ケースをもうひとつ用意して、ライナスを手招《てまね》きした。そして片手《かたて》を内ポケットに入れると、封筒《ふうとう》を取りだした。

「アプケの手紙を読んだな？」ライナスがすわるのを待たずに、父さんはたずねた。

ライナスはふるえあがった。どうして、わかったんだろう？

「探偵《たんてい》じゃなくても、つきとめるのは簡単《かんたん》だったぞ」

父さんは、ライナスがこすり取ろうとした血のしみを指さした。

ライナスはうなずいた。上着のポケットの中でこぶしをにぎり、まもなく落ちるだろう父さんのかみなりにそなえて、身をかためた。

父さんは体を前にかたむけ、ひざの上にひじをのせて、その手紙を見つめていた。そして、いうべき言葉がそこに見つかりはしないかと、手紙を何度も何度もひっくりかえした。

ライナスはそんな父さんを横から注意深くながめ、怒《おこ》っている様子がまったくないことに気がついた。父さんはただ……いつもとはちがう。でも、目を見ても、なにを考えているのかわからなかった。

「この手紙は、おまえ宛《あ》てじゃなかった」

父さんがとうとう口を開いた。そして首をまわしたが、ライナスを見てはいなかった。

「わたしは心配なんだ」

「アプケのことだよね？」と、ライナスはうなずいた。自分も同じ気持ちだった。

でも、父さんは首を横にふって、こういったのだ。

「おまえのことだ」

「ぼくのこと？」

ライナスは、驚《おどろ》いて父さんを見つめた。いったい、どんな話になるんだろう？

「アプケの言葉をおまえがどう受けとめたのか、心配なんだ。戦友が死んだ、という悪い知らせだったから」父さんはそういって、咳《せき》ばらいした。

ライナスはうなずいた。

「ちょうどさっき、あのお店の前を通ったんだ。金色の星がでてたよ」

父さんは手紙を、何度も何度も、ひっくりかえしている。ライナスの話が聞こえたかどうかも、よくわからなかった。

「手紙はアプケの話じゃない。あいつはだいじょうぶなんだよ」

父さんはようやくいった。口調は重く、声もおかしかった。

「戦争は、くそったれだから」と、ライナス。

「くそったれ？」父さんは思わず大きな声をあげたが、その声を飲みこんだ。「びっくりする言葉だな」

「ミスターオレンジがそういってたんだ。戦争はくそったれで……」

「アプケの話じゃない。それを忘《わす》れちゃいけない」と、父さんはもう一度くりかえした。

その額《ひたい》のしわがものすごく深くなったので、ライナスは驚《おどろ》いた。そして、父さんの目の色をいいあらわす言葉が、とつぜんわかった。父さんも自分と同じように、不安を感じていたのだ。それは額《ひたい》のしわにも、ライナスとは決して目を合わせないしぐさにも、あらわれていた。起こらなかったけれど、いつ起こってもおかしくないことへの不安。声にしていってはいけないと、母さんからいわれているものへの不安。

ライナスは勢《いきお》いよく立ちあがった。心配している父さんは、いやだった。「だいじょうぶ、うまくいくさ」といってくれる父さんでいてほしかった。アプケのこと、戦争、勝利についても。ミスターオレンジと同じように、勝利を信じている父さんでいてほしかった。

ライナスは、カウンターと父さんがすわっているケースのあいだを行ったり来たりして、ミスターオレンジの言葉を思いだそうとした。

どんなふうにいってたっけ？

「戦争に勝つためには、想像力《そうぞうりょく》が必要だって、ミスターオレンジはいってたよ」

「想像力《そうぞうりょく》？」父さんは、とまどいの表情《ひょうじょう》を浮《う》かべ、眉《まゆ》が一本の線になってしまった。ライナスはためらった。ミスターオレンジがそういったときには、正しい話に聞こえたのに、いままでは自分でさえほんとうにそうなのか疑《うたが》いはじめていた。

「まだこの世にないことは全部、それがほんとになるまえに、まず想像《そうぞう》しなくちゃいけないでしょ」ミスターオレンジのいおうとしてたのは、そんなことだっけ？　ライナスには、よくわからなくなってきた。

父さんは、もう興味《きょうみ》を失ったようだ。

「手品とかのことをいってるんじゃなくて、ぼくは……」ライナスはあわてて、言葉を探《さが》した。

「アプケは、想像力《そうぞうりょく》があるから戦争に行ったっていうこと」

すわりなおしたライナスは、自分自身の考えに驚《おどろ》いていた。父さんの眉《まゆ》は、髪《かみ》の生《は》え際《ぎわ》に届《とど》きそうなぐらい、つりあがっている。

「戦争に勝利するところを想像《そうぞう》してなかったら、アプケはぜったい戦争に行ってなかったよ！」

そして、言葉が次々と自然にでてきた。

「アプケは未来を想像《そうぞう》できたから、戦争に行ったんだ。想像《そうぞう》したのはいい未来だよ。敵《てき》のいうなりにならなくちゃいけない未来じゃなくて、別のやつ。みんなが、自分のしたいことができる未来なんだ。だからこそ、アプケは戦いに行った。そのためには戦わなくちゃいけないって、わかってたんだ」

父さんの眉《まゆ》は、つりあがったままだ。

「それに弾丸《たま》がまわりでヒューヒュー飛んでても、アプケが勝利を想像《そうぞう》できるのなら……」

ライナスは言葉を切った。どうやって続けたらいいだろう？

「そしたら、ぼくたちも勝利を想像《そうぞう》するのは、そんなに難《むずか》しくないはずだよね？　アプケがそのあと無事、家に帰ってくることも？」ライナスの体は熱くなっていた。

父さんの眉《まゆ》が、いつもの位置にもどった。かすかにほほえんだあと、父さんはようやくライナスを見つめた。

「おまえは、おもしろいやつだなあ、ライナス・グレゴリウス・ミュラー」

父さんが、考えこみながらじっと見つめたので、ライナスは照れくさくなった。それになんで、わざわざミドルネームまでつけて呼《よ》んだのだろう……？

父さんはライナスの頭に手をのせると、髪《かみ》の毛をくしゃくしゃにし、その手をしばらく動かさなかった。それから、ゆっくりと立ちあがり、小さく口笛を吹《ふ》きながら、ショーウィンドウのブラインドをおろしはじめた。ブラインドをおろす途中《とちゅう》で、ライナスのほうをふりかえり、父さんは頭をふりながら笑いだした。

ライナスもほっとして、立ちあがった。父さんのお説教を聞かないですんだから、ほっとしたのではなく、手紙の中身をもう秘密《ひみつ》にしないでいいことがうれしかったのだ。

父さんが店の明かりを消した。

「そうだ」階段《かいだん》の下で、父さんがふりかえった。「次回、自分宛《あ》てじゃない郵便《ゆうびん》を読もうっていうなら、一年間は、土曜の午後にニンジンの皮むきをしてもらうからな」

ライナスはうなずき、そんな警告《けいこく》だけですんでよかったと思った。

「で、今回は、土曜日四回分でゆるしてやろう」

ライナスが顔をしかめたのを見て、父さんは思わずふきだした。

「一日だって、さぼるんじゃないぞ」

27

「いったい、なにをしてるんだ？」

どきっとして、ライナスは顔をあげた。父さんが両手を腰《こし》にあてて、カウンターの後ろからこっちを見ている。ライナスは箱に入ったじゃがいもを、別の箱に移《うつ》し、空いたじゃがいもの箱にオレンジをつめ終えたところだった。それは特別にがんじょうな、ミスターオレンジの役に立ちそうな箱だった。

「店の前に荷車がだしっぱなしだ。あれじゃ、お客が通れない」と、父さんは眉《まゆ》をしかめたが、その目は怒《おこ》ってはおらず、むしろおもしろがっているようだった。最近は、家の中がまた少し明るい雰囲気《ふんいき》になってきた。

「もう、でかけるよ！」

ライナスは、オレンジをつめ替《か》えた木箱を持ちあげて、店内を運んでいった。その箱をどうするのか、父さんにちょうど話そうとしたとき、荷車の横をすりぬけて店に入ろうとする郵便《ゆうびん》屋《や》の姿《すがた》が見えた。ライナスは通路のまんなかに木箱をおろすと、外の荷車をわきにずらした。

「だいじょうぶですよ！　お父さんにこの手紙を渡《わた》してくれませんか？」

郵便屋《ゆうびんや》は荷車のむこうから、ライナスに封筒《ふうとう》を渡《わた》した。そして帽子《ぼうし》を軽くたたくと、ショーウィンドウ越《ご》しに、父さんにうなずきかけた。

「ミュラー夫妻殿《ふさいどの》」と、封筒《ふうとう》にはタイプで字が打ってある。左上のすみには、大きなハンコがひとつ。ライナスは、「省」と「陸軍」というハンコの字を解読《かいどく》できた。

アプケについての知らせだろうか？　でも、アプケ自身から来たものじゃなかったら……。

ライナスは封筒《ふうとう》を渡《わた》すと、父さんをじっと見つめた。

父さんは封筒《ふうとう》をにらみ、まるで指をやけどしたみたいに、カウンターに放りだした。

「母さんを呼《よ》んできなさい」

父さんはかたい声でいった。そしてカウンターから出ると店のドアへ行き、錠《じょう》をかけた。

「そして、おまえは上にいくんだ」

「でも……」

「いますぐ行け！」

父さんは急に向きを変えたので、通路においた木箱につまずいてしまった。そのとたん、中のオレンジがあちこちにころがりだしたが、それにも気がつかないようだった。

ライナスは一段《だん》ぬかしで、階段《かいだん》をのぼった。

母さんは、ライナスの顔に目をやったあと、「おちびちゃんたちを頼《たの》むわ。マックスはおつかいで、外に出ているのよ」といった。そして、階段《かいだん》をおりていった。

ライナスは、居間《いま》のドアの前に立ちつくした。アプケになにかあったんだ。陸軍省からアプケに関する手紙が来たのなら、いい意味のはずがない。ライナスは息を吸《す》いこみ、下の様子を聞いてみようとしたけれど、弟や妹の騒《さわ》ぎがうるさくて聞こえなかった。ウィルケはシスを追いかけ、テーブルのまわりをぐるぐる走っている。ウィルケはうなり、シスはさけんでいる。

ライナスはふたりのほうへ行き、シスを捕《つか》まえた。シスはさらに声をはりあげ、いやがって足をバタバタさせた。

「静かに」ライナスは、シスをひざにのせてテーブルの前にすわった。するとふしぎなことに、シスはおとなしくなり、ライナスのことを大きな目で見つめている。でもウィルケのほうはシスがぬけたのも気にしないで、ぐるぐるまわりを続けていた。

ライナスは深呼吸《しんこきゅう》をしながら、待っていた。ひざの上にシスがいると、さっきより気分がいい。シスを抱《だ》っこしていれば、なにも悪いことは起きないんだろうか？

とうとう、階段《かいだん》をのぼってくる足音が聞こえた。まず最初にとうさんが、血の気のない顔で、戸口にあらわれた。母さんの目は赤く、泣いた跡《あと》がある。ウィルケは走るのをやめ、ライナスの横に立った。ライナス、シスとウィルケは、おたがいの顔をのぞきあった。

「アプケのことを知らせる手紙が届《とど》いた」

父さんがいった。風邪《かぜ》をひいたときのような、しゃがれた声だった。ライナスはシスの腕《うで》を強くにぎり、父さんの顔をくいいるように見つめた。父さんがほんの少し笑顔になったが、その笑顔はすぐに消えた。あっというまに消えたので、ライナスは自分の見まちがいかと思ったほどだった。

「もうすぐ、アプケが帰ってくるぞ」

父さんの言葉が、部屋中に響《ひび》きわたった。

「じゃあ、戦争は終わったの？」少しして、ウィルケがたずねた。

父さんは首を横にふった。風の強い日、雲のかげに隠《かく》れてしまう太陽のように、父さんの笑顔はもうくもっていた。

「病気になったので、アプケは帰ってくるんだ」

「ケガしてるの？」ウィルケのすんだ声がまた響《ひび》く。ライナスは息をのんだ。そんなことをどうしてきけるのか、わからなかった。ウィルケは答えを聞くのがこわくないんだろうか？

「ケガはしていないが、足が病気になったそうだ。イタリアの山の、湿気《しっけ》や寒さに耐《た》えられなかったんだろう。塹壕《ざんごう》にこもって戦う大勢《おおぜい》の兵隊が、『塹壕足《ざんごうあし》』という病気に悩まされているんだ。アプケの場合は重症《じゅうしょう》だが、ちゃんと手当てをすれば、きっとよくなる。負傷《ふしょう》したり、病気になったりした兵隊を乗せた船が、近いうち、こっちに来るそうだ」

だれも、なにもいわなかった。喜んでいいのかどうか、だれにもわからなかった。

「わあ！」

シスはライナスの手をふりきって、ひざからすべりおりた。ライナスも立ちあがろうとしたが、腕《うで》と足に力が入らなかった。

下では、だれかが店のドアをたたいている。

「お客さんだ！　まったく、休むひまさえありゃしない」

そういう父さんの顔には、さっきより長い間、ほほえみが浮《う》かんでいた。父さんは母さんのほおにキスをすると、ライナスのほうをふりかえった。

「荷車を、ちょっとどけてくれないか？」

父さんのあとについて、ライナスも階段《かいだん》をおりた。そして店に入ると、立ちつくして、床《ゆか》中《じゅう》にころがったオレンジをぼう然と見つめた。

「オレンジを集めてくれたら、わたしはあのうるさい客を中に入れるんだが」と、父さんはオレンジをまたいで、店のドアのほうへ向かった。父さんの声は、ふだんと同じ、頼《たの》もしい声にもどっていた。その声に救われて、ライナスもいつもどおり動くことができた。

28

（アプケが帰ってくる！）
ライナスは店のドアを押《お》しあけた。外の冷たい空気にふれたとたん、頭の中の霧《きり》がさあっと晴れ、どんなに長くアプケに会っていなかったのか、改めて強く感じた。アプケが出発したのは九月、でもいまはもう二月なのだ。
なにかを待つときへんなのは、その日が近づけば近づくほど、待ちきれなくなるってこと。ライナスはそう思った。木箱を荷車に積み終えると、アプケがまた目の前にあらわれるところを想像《そうぞう》した。
配達からもどったばかりみたいに見えるかもしれない。道路の向かい側の少し先のほうに、だれかがあらわれ、とつぜん目をひきつけられるのだ。そしてもちろん、それが旅行袋《りょこうぶくろ》を肩《かた》からかけた見慣《みな》れたアプケの姿《すがた》だと、すぐにわかる。ライナスの口にほほえみが浮《う》かぶ。顔におさまりきれないほど大きなほほえみが。そしてライナスは「アプケ！」と、声をはりあげて名前を呼《よ》ぶのだ。すると、家族のみんなも外にとびだしてくるだろう。

——ううん、大声をださないかもしれない。ぼくは荷車を、青い星の旗がだしてあるうちのショーウィンドウの前にとめて、ごくふつうにアプケのほうへ歩いていく。するとアプケも気がついて道を渡《わた》りはじめ、ぼくも反対側から道を渡《わた》っていき、そのうち走りだして、道の途中《とちゅう》で出会うんだ。アプケの腕《うで》の中にとびこみたいところだけど、そんなまねはしない。

ぼくは道路のどまんなかで、アプケの前に立ちどまり、まず腕《うで》をたたき、次におなかをたたく。でも、アプケはすぐにおなかの筋肉《きんにく》をかちかちにさせるから、ぼくのへなちょこ攻撃《こうげき》なんかへっちゃらだ。だからぼくは、くすぐってアプケを笑わせ、おなかの筋肉《きんにく》を緊張《きんちょう》させられないようにする。そのあと、頭をアプケのおなかにぶつけるんだ。でもぶつけられたって、アプケは笑いつづけ、自分の腕《うで》をぼくの首にかけて、柔道《じゅうどう》の押《お》さえこみの形にするだろう。そのあとぼくたちふたりは、地面の上でぐるぐると回りこむ。ぼくたちのまわりで、車はクラクションを鳴らして走っていくけど、そんなのはどうでもよくて、ふたりでひたすらぐるぐる回り、ぼくが「助けて!」とさけぶと、アプケはようやく腕《うで》をゆるめてくれる。そして笑ったり回ったりしたせいで、ぼくもアプケもめまいを感じながら、立ちあがるんだ……。

いや、そうではない。足が痛《いた》いんだから、アプケが歩いて帰ってくるはずがない。でも、ライナスは、道の向かい側のほうを、ふりかえってしまった。それから荷車の取っ手をにぎると、待ちきれない気持ちで道を急ぎはじめた。

三番街と家の前の道が交差する角で、ライナスは立ちどまり、道の左手をのぞいてみた。あのろくでなしのマッケンナといっしょにいるリアムが、見えるんじゃないかと思って。そう考えても腹《はら》が立たなかったのは、初めてだった。これからもリアムと絶交《ぜっこう》を続けることが、とつぜん想像《そうぞう》できなくなった。ずっと腹《はら》を立てていようとしても、うまくいかない。あまり深く考えないうちに、ライナスはその角を曲がっていた。

そしてリアムの家に着くまえから、名前を呼《よ》びはじめた。ドアをたたき、もう一度、ものすごい大声で「リアム!」とさけんだ。二階の窓《まど》が開き、リアムがびっくりした顔を外にだした。なにもいわずに、その顔がすぐにひっこむ。ライナスは待った。すると玄関《げんかん》のドアのむこうで、ドタドタと階段《かいだん》をおりる聞きなれた音が響《ひび》き、少ししたあと、ドアが勢《いきお》いよく開いた。帽子《ぼうし》をかぶり、上着を手に持ったリアムが外に出てきた。ふたりはちょっと気まずそうな様子で、正面から向かいあった。

リアムは、まず上着を着なくちゃ、というふりをしている。

「アプケが帰ってくるんだ」と、ライナスはいった。

「ほんとか？」リアムが答え、その顔に笑いが広がった。「やったぜ！」

それから、両手をポケットにつっこみ、石をひとつけった。

「あのジョージってやつは、サイテーなんだ」

「リアムも気がついたんだね？　もうずいぶんまえに、教えてあげられたんだけど」

ライナスはからかい気味に、そういった。

「実際《じっさい》、その通りだよな」と、リアムはいってから、ちょっと顔をしかめて笑い、両手をポケットにさらに深くつっこんだ。「ロージーは、あいつをふったんだ」

「ぼくは、ロージーが利口な女の子だって知ってたよ」

リアムはにやっと笑った。

「そりゃいいすぎだな。別れるまでずいぶん時間がかかったもの」

リアムもだね、とライナスは心の中でつぶやいた。そして石をひとつけとばすと、石は街灯に当たって、はねかえってきた。ふたりはそろって笑いだした。

「オレンジの配達をしてこないと」と、ライナスはいう。

「おれも行こうか？」

ライナスは迷《まよ》った。ミスターオレンジはどう思うだろうか。

「帰り道にまた寄《よ》るよ」ライナスはそういって、リアムの腕《うで》をぶったたいた。

「じゃ、忘《わす》れるなよ」と、リアムもたたきかえした。

（いたいっ。どっちがたたいた跡《あと》も青アザになるだろうな……）

でもライナスは、なんだかうれしい気分だった。

ライナスは荷車の向きを変えて、道をひきかえした。しばらくしてふりかえると、リアムはまだ道に立っている。ライナスはほほえみ、角を曲がる前に手をふった。

ミスターオレンジの部屋まで階段《かいだん》をのぼるとき、オレンジの木箱は羽根のように軽かった。ひょっとしたら、じきに片手《かたて》で持ちあげられるかもしれない。そうするところを、アプケの前で見せたかった。アプケをミスターオレンジに紹介《しょうかい》することだってできるかも。なにしろ、ミスターオレンジはアプケの話をずいぶん聞かされてきたし、ふたりとも同じ航路を船で渡《わた》ったのだ……。

上の部屋のドアは、まだ閉《し》まっていた。ライナスはノックした。

ミスターオレンジに会えたら、アプケも喜ぶだろうなあ。ヨーロッパの話だって、絵の話だってできる。ライナスは、アプケを連れてきてもいいか、すぐにミスターオレンジにきいてみようと思った。いや、とつぜん連れてきて、びっくりさせよう！　――次回来るときは、ぼくとアプケのふたりで、ここに立ってるんだ。

ドアがゆっくり開く。黒っぽい眼鏡《めがね》をかけたミスターオレンジは、びっくりしているけれど、おもしろがっている目で、小さく笑いながら、ふたりを見ている。

「ミスターオレンジ、これがぼくの兄さんのアプケです。戦争から帰ってきたところなんです。アプケ、こちらがミスターオレンジ、ヨーロッパから来た画家さんなんだ」

ふたりは握手《あくしゅ》を交わす。

「アプケは画家になりたいんです」ライナスは、知らないうちにそういってしまう。

「そうか。それはすごいな！」と、ミスターオレンジ。

ミスターオレンジはもしかしたら、アプケの手助けもしてくれるかもしれない、絵を教えたりして。ひょっとしたら……。


「はい？」

ライナスは、ドアが開いたのに気がつかなかった。知らない男の人が、探《さぐ》るような目でライナスを見つめている。おなかにはカメラをぶらさげていた。大型のカメラだ。そんなのを下げた新聞社のカメラマンが、軍隊パレードの朝、歩きまわっていたのをライナスは数か月前に見たおぼえがあった。もう何世紀もまえのことのようだ。

「ミスターオレンジに、ご注文の品を届《とど》けにきました」

ライナスはそういい、おなかに押《お》しつけた木箱を見せた。

「ミスターオレンジだって？」その人は、疑《うたが》いの目で、ライナスとオレンジを見くらべている。

「なにかの冗談《じょうだん》なのかい？」そういいながら、ドアをもう閉《し》めようとしている。

「ちがいます！」

ライナスはあわててさけんだ。ミスターオレンジの本名を覚えられない自分は、なんてばかなんだろう。「ぼくは配達の者です」

「ここには配達なんか必要ない。その木箱を持って、出ていってくれ」と、カメラマンはぶっきらぼうにいった。

「だれだい？」

足音が近づいてくる。

「どこかのぼうずが、冗談《じょうだん》をくわせようとしてるんだ」

カメラマンは奥《おく》に向かってさけんだ。するとそこに、ライナスのよく知っている顔があらわれた。

「ああ、オレンジ配達のぼうやか」

ミスターオレンジが「ハリー」と呼《よ》んでいた人が出てきて、そういった。ハリーはほほえんだけれど、しんから明るい笑いではなかった。

「わたしの友人のカメラマンはね、その、きみのミスターオレンジは、病気になってしまったといいたいんだ」

「病気？」ライナスは、心配になってたずねた。

でもだいじょうぶ、新しいオレンジをもってきているもの。

「重い肺炎《はいえん》にかかって入院したんだが、残念なことに、もたなかった」

ライナスには、よくわからなかった。もたなかったって、なにが？

「あの人は、先週、亡《な》くなったんだ」ハリーは自分の足もとを見つめた。「病院でも、なにもできなかった」

「先週ですか？」ライナスは首をふった。そんなこと、ミスターオレンジに起きるはずがない。

アプケが帰ってくることも、まだ話していないのに。

ライナスは、閉《と》ざされた台所のドアを見つめた。

どうして、ミスターオレンジが死ねるんだろう？　ついこのあいだ、ここにすわって、戦争のことや未来のことを話したばかりなのに。ライナスは、オレンジをじっと見つめた。

だったら、未来は、これからどうなるんだろう？

「だれかをお店にやって、オレンジの勘定《かんじょう》はすませておくよ」と、ハリーはやさしくうなずいた。

ライナスはのろのろと向きを変えた。後ろで、ドアがバタンと閉《し》まる音がした。木箱をおなかに押《お》しつけるように抱《かか》えて、ライナスは階段《かいだん》をおりていった。重さで腕《うで》がぶるぶるとふるえる。今日の午後、ミスターオレンジの役に立つようにと思って、その木箱を選んだのに。

木箱? 階段《かいだん》の下で、ライナスは立ちどまった。そしてオレンジの木箱で作った本棚《ほんだな》や、手作りのテーブル、四角をいっぱい貼《は》った壁《かべ》、音楽、ミスターオレンジの軽やかな世界を形作るものを全部思いだした。口笛を吹《ふ》き吹《ふ》き、デ・ウィンター夫人の家の中のものを全部運びだしていた男たちの姿《すがた》も目に浮《う》かんできた。歩道にだされた夫人の持ちものが、どしゃぶりの雨のなかでぬれていたことも。

ライナスは木箱を下におくと、階段《かいだん》を急いでのぼった。がまんできずに、ドアをずっとたたいていると、中で足音がまた聞こえてきた。

「全部、どうなってしまうんです?」

ライナスは、ドアが完全に開くまえにさけんだ。

「全部って?」今度のハリーは、いらいらしているように見えた。

「ミスターオレンジのもの全部ですよ。持ちものや、手作りした家具や……これから道に放りだすんですか?」

「道に?」ハリーは笑いだした。「そりゃ、ありえない。なにも捨《す》てたりしないよ。彼《かれ》のものはすべて、しっかり取っておくって約束するよ」

ライナスは、ほっとため息をもらした。

「そんなことまで心配してくれるなんて、いい子だな、きみは」

ハリーはライナスのことをじっと見つめた。さっきより、少しおだやかな目になっている。

「中を見たくないかい?」と、ハリーは急にたずねた。

ライナスは、ひし形の絵のことを思いだした。ミスターオレンジは、あの絵を仕上げたんだろうか? 自分の目で、確《たし》かめられるかもしれない……。

それに——きみはこの絵をどう思う?

くちびるのはしを半分持ちあげたミスターオレンジの笑顔を思いだして、ライナスは悲しくなった。

ライナスは首を横にふって、「いまはやめておきます」と答えた。ミスターオレンジがいないところで、絵は見たくない。ライナスは階段《かいだん》のほうへ歩いていった。ハリーは戸口に立って、ライナスを見送ってくれた。もう、急いでいるようには見えなかった。

「兄さんが帰ってくるんです。戦争から」ライナスは、アプケのことをぜんぜん知らないだれかに、どうしてそんなふうにいってしまったのか、自分でもわからなかった。

「そりゃ、いいニュースだ」と、ハリーはほほえんだ。

ライナスは、声にだしていえたことがうれしかった。それを聞いてくれるミスターオレンジが、たとえもういなくても。

「なんて名前だい、きみのお兄さんは？」と、上のほうから声が聞こえてきた。

「アプケです」ライナスは、階段《かいだん》の途中《とちゅう》で立ちどまって答えた。「ほんとはアルバートっていうんです。家族にも、アルバートって呼《よ》んでほしいって」

「そうか、おめでとう。祝福の気持ちを伝えてくれ」

ハリーは部屋にもどるまえに、手をあげてライナスにあいさつした。ライナスは上の部屋のドアがしっかりと閉《し》まるまで、その場を離《はな》れなかった。

いいニュースと、こんなにつらいニュースが、同じときに来るなんて。ライナスは歩きながら考えた。——悪いニュースはまとめて受けとったほうが、ずっと楽かもしれない。そしたら、あとでいいニュースが来たとき、心から喜べるから。

階段《かいだん》の下に置いてあった木箱に、ライナスはつまずいて、ころんでしまった。こぼれ落ちる涙《なみだ》のせいで、目の前に立つ人の姿《すがた》は見えなかった。

どこか、痛《いた》みをうけたかい？

ここに初めて来たとき、ミスターオレンジの使ったおかしな言葉が、不意に頭に浮《う》かんだ。だれもいない玄関《げんかん》ホールに響《ひび》きわたるその声が、ライナスには聞こえてくるようだった。体をようやく起こして、目をなんどか乱暴《らんぼう》にこすり、オレンジの木箱を持ちあげた。

建物の外に出ると、日はもう暮《く》れかけていた。

上を見たらいけないと、自分にいくらいいきかせても、目は見たいものを見てしまう。上の窓《まど》の明かりがついた。ここからだと、なにも変わっていないように見える。ここからだと、あの音楽も聞こえてくるように感じる。曲のひとふしひとふしが、ほどいたリボンのように、頭の中でヒラヒラする。想像《そうぞう》のなかでは、やせた鳥のようなミスターオレンジが、部屋を飛びまわって踊《おど》るのが見えた。でもいまはそれを見ても笑えず、ライナスはただ自分が空っぽになったように感じていた。まわれ右をして、道を離《はな》れ、角を曲がった。荷車にのせたオレンジの木箱が、ずしんとゆれた。

少し先まで来て、道の角を通りすぎるまえに、ライナスは約束を思いだした。リアムのところへ行こう！　仲直りをした喜びが一気によみがえり、そのあと続いて、アプケのことも思いだした。

アプケが帰ってくるんだ！

頭の中にきれぎれに響《ひび》く曲のおかげで、ライナスは急に陽気な気分になってきた。リズムにあわせて足がトントンと動きだし、ステップをひとつ、ふたつ踏《ふ》む。そんなライナスを見たら、**おしりをとめて**、とミスターオレンジはいうだろう。

「ライナスを見てよ！　足の指がきっとかゆいんだわ！」

ロージーが上の窓《まど》から身をのりだして、さけんだ。でもライナスはまったく気にせず、ステップを一回、もう一回とくりかえした。ロージーが笑いたければ、笑わせておけばいい。ぼくは踊《おど》りたいから、踊《おど》るんだ。そして、ライナスは息をきらしながら考えた。

もし、ぼくの靴《くつ》に絵の具がついていてたら、いまごろ歩道に絵ができているはずだよ。

「リアム！　あんたにお客さんよ！　グルグルまわるおばかさん！」

ロージーが、家の中に向かってどなっている。

階段《かいだん》をドタドタおりてくる音が聞こえた。待っているあいだ、ライナスは二階を見あげ、軽く頭を下げる。ロージーが拍手《はくしゅ》する。

玄関《げんかん》のドアが開いた。

一九四五年三月、ニューヨーク

（いったい、なにを期待してたんだ？）

ライナスは、ガラスに映《うつ》る自分の姿《すがた》に問いかける。ここにいる人たちに、ばかにされたくないので、くちびるは動かさずに。

窓《まど》がまぶしすぎて、ビルの中までは見えなかった。見えるのは、ガラスに映《うつ》る人びとの姿《すがた》だけ。自分のあとから来た人たちが、ビルの入口に向かう姿《すがた》だけだ。重いコートを着た男性《だんせい》たちは、しっかりした足どりで進んでいく。女性《じょせい》たちは、マントをまとい、頭にはおしゃれな帽子《ぼうし》。だれもが、まるでこのビルの住人のように、ガラスドアを通って中へ入っていく。あたりには華《はな》やいだ雰囲気《ふんいき》がただよっている。

春の日ざしは、高いビルの合間をぬって通りにさしこんでくる。ライナスは背中《せなか》にぬくもりを感じながら、首をすくめて、ビルを見あげた。ビルの白い角が、空の鮮烈《せんれつ》な青に切りこむようだ。正面がほぼすべてガラスでできた鋭角《えいかく》のビルは、未来から来たものに見えた。ミスターオレンジも、きっと満足するだろう。

ライナスはビルからすうっと視線《しせん》をおろして、もう一度ガラスに映《うつ》った自分と目を合わせた。

（いったい、なにを期待してたんだ？　あのミスターオレンジが、ここで見つかるとでも思ってたのかい？）

ライナスはかすかに肩《かた》をすくめた。ミスターオレンジは、自分のものではなかった。そこにいるミスターオレンジは、ライナスには覚えられない名前を持つ知らない人だ。その人が描《か》いた絵を、ここにいるだれもが見に来ている。こんなに大勢《おおぜい》の人たちが、自分と同じぐらいあの人に興味《きょうみ》を持っていたなんて、ライナスには思いもよらなかった。

ライナスは着古した冬のコートから、足もとのほうへ視線《しせん》を落とした。足にようやくなじんだ靴《くつ》は、見た目もいいかといえば、そうではない。こんな靴《くつ》で、汚《よご》れひとつないピカピカのガラスドアの中へ入っていく気がしなかった。

ライナスがビルの裏《うら》までひきかえすと、太陽は急に消えた。ライナスはブルッとふるえた。両手をポケットにつっこんで、肩《かた》をすくめる。イースト川に行くのも悪くないかもしれない……早足で行けば、すぐ着くだろう。ライナスは一歩後ろにさがり、また向きを変えて走りだす。

すると、ビルの入口の横で、煙草《たばこ》を吸《す》っていた人たちの中へつっこんでしまった。

「しっかり前を見て歩けよ！」

ぶつかった相手に、ライナスは肩《かた》をつかまれた。その瞬間《しゅんかん》、ふたりは、おたがいの顔に見覚えがあることに気がついた。

「オレンジ配達のぼうやじゃないか！」

ミスターオレンジに「ハリー」と呼《よ》ばれていた人が、びっくりした顔で笑った。

「見に来てくれたんだね。どう思った？」

ライナスは、はっきりしない言葉をもごもごとつぶやく。ほおが赤くなる。

「まだ、中に入ってないのかい？」

ライナスはうつむいて、自分の靴《くつ》を見た。

「よし！」と、ハリーは吸《す》っていた煙草《たばこ》を地面に投げて、踏《ふ》み消《け》した。「だったら、ぼくがひとまわり案内しよう。じゃあ、またあとで」

ハリーはふりかえって、仲間たちにいい残した。そして、ライナスの肩《かた》に手をかけたまま、ガラスドアまで行き、そこからホールへ入った。ホールには窓《まど》の光がさしこみ、お盆《ぼん》にグラスをたくさんのせて、来場者のあいだを行き来する給仕もいる。早足で進むハリーについていくのは、大変だった。ハリーは立ちどまらず、歩きながら左右の人たちにあいさつし、そこにいる人たち全員を知っているようだった。なにかライナスにも話しかけたが、耳の中がわんわんしていて、うまく聞きとれない。ひとつめ、ふたつめの角を曲がって、白い大ホールに着いたとき、ライナスは息がとまりそうになった。

見つけたのだ！　ホールの向かい側の正面に、あの絵を。

ライナスは居心地《いごこち》の悪さも忘《わす》れ、人びとのあいだをすりぬけて、その絵にまっすぐ歩いていった。そして、数メートル手前で立ちどまった。

「あの人が取りかかっていた、最後の作品だ」

ライナスの横に立って、ハリーがいった。

ライナスはうなずく。絵の形に見覚えがあった。角を上にして置かれた四角。ライナスが、裏側《うらがわ》から見たことのある絵だ。

だれかがハリーに話しかけ、どこかへ連れていった。ライナスは、そのことにも気づかなかった。もう一歩、前に出る。これまでに見たなかで、一番ふしぎな絵だったけれど、昔から知っている絵のような気もした。

小さな色のかけらと、大きな色のかけらが動きまわり、転びそうな勢《いきお》いで、追いかけっこをしている。黄、赤、青のブロックが白や灰色《はいいろ》を相手に、音楽にあわせて踊《おど》り、いや、それこそが音楽だった。前に出てきたり、後ろにひっこんだりしながら、複雑《ふくざつ》なダンスをいっしょになって続けている。ライナスの目の前でなにもかも変化していくのに、どの要素《ようそ》にも居場所《いばしょ》があり、どのブロックも迷子《まいご》にはならない。目をどっちに向けても、すべてが調和しあっていた。

この絵がドアを開けたのかな、とライナスは思う。——見る人を中にひっぱりこんで徹底的《てっていてき》にゆさぶり、出てくるときには、この世界がとつぜん、ちょっぴりちがうものに見えるんだ。

気に入ったかい？

ライナスの頭の中に、絵の横に立つミスターオレンジの姿《すがた》が浮《う》かんできた。首をちょっとかしげ、くちびるのはしを持ちあげて、かすかな笑みを浮《う》かべている。ライナスは、もう一歩近づいた。

するとキャンバスのいたるところに、色のついた接着《せっちゃく》テープが貼《は》ってあるのがわかった。ながめているうちに、絵の具の上に小さなテープがたくさん貼《は》りつけてあるのも、見えてきた。大部分はとてもきっちり貼《は》ってあったが、ミスターオレンジが作業を急いだのか、なかにはぞんざいに貼《は》ってあるのもある。

ライナスは、無数のくぎ穴《あな》のある色のかけらのことも、思いだした。

探《さが》しているんだよ、ちょっとパズルみたいで……。

どうしてもがまんできず、とうとうふきだしてしまった。監《かん》視《し》員《いん》が、ライナスのほうをふりかえる。ライナスは、またまじめな顔つきにもどろうと、両手でほおをこすった。

ミスターオレンジが、さっきまでここにいたみたいだと、ライナスは思った。キャンバスの前に立って、接着《せっちゃく》テープの切れはしをどう組み合わせようかと、作業に没頭《ぼっとう》している姿《すがた》が見えた。ちょっと席をはずしただけのようだった。例えば、だれかが呼《よ》び鈴《りん》を鳴らし、オレンジの木箱を持ってきたので。

ライナス、中へお入り！　きみを待っていたんだ……。

ライナスは、横の壁《かべ》に貼《は》られたカードに目をとめる。そして、タイトルを読んで、ほほえんだ。

「ヴィクトリー・ブギウギ」

ヴィクトリーのV……頭の中に、にぎりこぶしから、人さし指と中指をつきだすミスターオレンジの姿《すがた》がよみがえった。

「ヨーロッパでの戦いも、あと少しで終わる」というニュースを、ここ数か月、よく耳にする。ミスターオレンジはその絵を、戦いがとても激《はげ》しかったころに描《か》いたのに、キャンバスの中で戦争はとっくに終わっていた。そのぐらい、勝利を信じていたのだ。

アプケと同じだ、とライナスは思った。去年、アプケはいったん家に帰ってきたけれど、体が回復《かいふく》したとたん、また戦線へもどらなければならなかった。

ライナスはとつぜん、兄さんの創《つく》ったヒーロー、ミスタースーパーのことを思いだした。なぜか、もう何世紀もまえのことだった気がする。どうして、こんな立派《りっぱ》な美術館《びじゅつかん》で思いだすんだろう、あんな、あんな……。


「あんな、なんの役にも立たない空想の産物のことを、だろ?」

ライナスは横を向く。すると、ミスタースーパーが筋肉隆々《きんにくりゅうりゅう》の腕《うで》を組んで、壁《かべ》にもたれていた。彼《かれ》は体を起こして、ライナスのそばにやってきた。

「あの人は、色ってものを理解《りかい》していたんだよ」ミスタースーパーは親指をベルトにかけて、胸《むね》をつきだした。「絵を見て、きみがわたしを思いだしたのも無理はない」

そういって、ヘルメットを後ろにずらすと、体を前に倒《たお》した。絵に近づきすぎじゃないかと、ライナスははらはらする。ミスタースーパーの鼻は、いまにも絵にくっつきそうだ。

「それにしても、これを、どこかで見たような気がする」

ミスタースーパーは、考えこみながら、キャンバスの前にあるガラスを人さし指でたたいた。ライナスは驚《おどろ》いて、あたりを見まわしたが、だれも気がついていない。

ミスタースーパーの表情《ひょうじょう》が、急に明るくなった。

「そうか、わたしが空の上を飛んでいくとき、街がこう見えるんだ。上から見ると、ビルはこんなふうだ。それに、ずらりと車のならんだ道が交差するところも……」

ミスタースーパーは、キャンバスに耳を寄《よ》せる。

「クラクションを鳴らす音まで聞こえてきそうだぞ」

ライナスは、思わず笑いだした。ミスタースーパーに再会《さいかい》できて、うれしくてたまらなかったのだ。ライナスがなにかいおうと、口を開いたちょうどそのとき、外の通りでドン！という音、それからクラクションが鳴《な》り響《ひび》いた。来場者が何人か、ガラス窓《まど》へと歩いていく。

「わたしの出番のようだ」

ミスタースーパーは両手をもみあわせた。そして、ヘルメットをカチッとつけると、両方のかかとをコツンとあわせて、シューッとジェットを噴射《ふんしゃ》させながら上昇《じょうしょう》していく。

ミスタースーパーは、ライナスがなにもいえないうちに消えてしまった。しばらくのあいだ、彼《かれ》がいたところに、小さな雲がただよっているような気がした。

ぼくはミスターオレンジを失ったわけじゃないと、ライナスは思う。そして、もういちど絵のほうへもどる。ミスターオレンジについて知っていることのすべてが、ここにあった。ミスターオレンジの世界を、ライナスは絵の中に、ふたたび見つけたのだ。

わたしはついに、この中に、ブギウギをとらえたんだよ！

（このブギウギは、ほんとに聞こえているのかな、それともぼくの頭の中だけで響《ひび》いているのかな？）

どちらでもよかった。ライナスはその曲の一部しか覚えていないけれど、あんまり気持ちよくスイングするので、曲にあわせて足が動いてしまう。ほおが赤くなってきた。もう、じっと立っていられない。動きはじめた足に合わせて、手も動きだす。

監視員《かんしいん》の姿《すがた》は、どこにも見えない。

となりの絵の前に立っていたふたりの女性《じょせい》が、ライナスのほうをふりむいた。ひとりはあきれたように口をすぼめ、向きを変えて、先にいってしまった。もうひとりは興味《きょうみ》にかられて、目を見開いている。その女性《じょせい》の着ているドレスは、この場にふさわしい青色――ミスターオレンジの青だった。

その人はライナスをしばらく見つめていたが、向きを変えて、友人のあとを追いかけはじめた。でもライナスは、女性《じょせい》が歩きながら、ダンスのステップを踏《ふ》んでいるのに気がついた。するとその女性《じょせい》が、ライナスをふりかえって、にっこりしたのだ。そしてライナスの頭の中のリズムに、ぴったりあわせて踊《おど》っている。

もしかしたら、この曲は、頭の中だけで響《ひび》いているんじゃないのかもしれない……。

おしりをとめて！

ライナスは、足をタタンと鳴らして、ほほえみかえした。

訳者よりみなさんへ

野坂悦子

オランダの新進作家トゥルース・マティによる『ミスターオレンジ』をお届《とど》けします。舞台《ぶたい》は、第二次世界大戦中のニューヨーク。主人公ライナスの家は六人兄妹の大家族で、両親は八百屋を営《いとな》んでいます。一番上のアプケ兄さんは志願《しがん》して兵隊になり、出征《しゅっせい》したばかりですが、ライナスの母さんにはそのことが許《ゆる》せません。兄さんを誇《ほこ》りに思ってはいけないのか？とライナスは悩《なや》みます。そんななかライナスは、オレンジを注文するひとりの外国人画家と親しくなり、「ミスターオレンジ」とニックネームをつけます。そして、三原色《さんげんしょく》で未来を描《えが》こうとする画家に強く魅《ひ》かれていきます。いっぽう、ライナスにとって「スーパーヒーロー」も大事な存在《そんざい》です。味方を守るスーパーマンの漫画《まんが》をまねてアプケが描《か》いたものだからです。しかし、ライナスは次第に戦争の「現実《げんじつ》」に気がつき、想像上《そうぞうじょう》のヒーローなど役に立たないことを知ります。そんなライナスに、ミスターオレンジは想像力《そうぞうりょく》の本当の価値《かち》を語り、ライナスも、自分自身の考えをもちはじめるのです。少年の大きな出会いと成長を描《えが》いた物語は国際的《こくさいてき》に高く評価《ひょうか》され、二〇一四年、全米図書館協会よりバチェルダー賞が贈《おく》られました。

お話の途中《とちゅう》で、ミスターオレンジとは、オランダ生まれの画家ピート・モンドリアンのことだと、気がついた読者があるかもしれません。そう、『ミスターオレンジ』は、オランダの出版社《しゅっぱんしゃ》が作家に、ハーグ市立美術館《しりつびじゅつかん》で開催《かいさい》されるモンドリアン展《てん》のために作品を書いてほしいと依頼《いらい》して、生まれてきた作品なのです。二〇一一年九月、美術館《びじゅつかん》で出版《しゅっぱん》記念のサイン会が行われ、私《わたし》はその場に駆《か》けつけました。このとき、マティの夫ワウター・ヴァン・レークも絵本の創作《そうさく》を依頼《いらい》され、同時に出版《しゅっぱん》されました。その絵本の邦訳《ほうやく》『ケープドリとモンドリアンドリ』も朔北社《さくほくしゃ》から出ています。

テーマこそ依頼《いらい》されたものですが、『ミスターオレンジ』というタイトルだけを見ても、マティが自分なりのモンドリアン像《ぞう》を作ろうと深く考えたのがわかります。十七世紀にネーデルラント連邦《れんぽう》共和国《きょうわこく》（現在《げんざい》のオランダのもとになる国）がスペインから独立《どくりつ》したとき、最初の王が「オラニエ公ウィレム（英語読みでオレンジ公ウィリアム）一世」だったことから、オレンジはオランダを象徴《しょうちょう》する色となりました。ときには「解放《かいほう》」「勝利」の意味で、使われることもあります。『ミスターオレンジ』というタイトルに、私《わたし》は明るい未来を信じるオランダ人の精神《せいしん》を感じます。画家のニックネーム以上の奥行《おくゆき》があるように思えるのです。

最後に、本書のために軽やかな絵を描《か》いてくださった平澤朋子《ひらさわともこ》さん、未来風の題字を作ってくださった装丁《そうてい》のオーノリュウスケさん、そして編集《へんしゅう》の松崎美奈子さんに心より御礼《おれい》申し上げます。

このあとは、作者によるモンドリアンの解説《かいせつ》を、あわせてお楽しみください。

作者からみなさんへ

トゥルース・マティ

ニューヨークのブギウギ

ピート・モンドリアン（一八七二年～一九四四年）は、新しい絵画の方法をずっと追い求めていました。そして存在《そんざい》しているものをまねて描《えが》くかわりに、何にも似《に》ていない絵を描《か》きはじめたのです。色、形、リズムのどれもが単調になることなく、バランスが取れるようにしました。そして、そこには、命が宿らないといけない！と考えました。自分の絵を見た人が、音楽を聴《き》いたときと同じような、強烈《きょうれつ》な印象を受けてほしい。それがモンドリアンの望みでした。

そのために、やれることはぜんぶやってみました。しばらくして、使う色は赤、黄、青の三原色《さんげんしょく》だけになり、描《えが》かれる線は水平か垂直《すいちょく》になりました。ほかにもたくさんの規則《きそく》を思いつき、それが新しい絵を追求するのに役立ちました。けれどもモンドリアンは、規則《きそく》が邪魔《じゃま》になれば、その規則《きそく》をまたすぐに変える人でもありました。

こうして、モンドリアンの絵は世界中で知られるようになったのです。その絵は大勢《おおぜい》の人たちに新しいアイデアを与《あた》え、今も世界中の人びとが、彼《かれ》の絵をひと目見ようとやってきます。

ニューヨークでの生活

モンドリアンはオランダで生まれました。けれども人生の大部分を海外で暮《く》らし、そこで仕事もしてきました。モンドリアンの願いは、大都市で暮《く》らすことでした。なぜなら、大都市には「未来」があるからです。もともと彼《かれ》の名前には、mondriaan と「a」が二個《こ》ついていましたが、パリに引《ひ》っ越《こ》したとき、自分で「a」を一個《こ》削《けず》ってしまいました。「mondrian にしたほうが、まわりの人たちが私《わたし》の名前をうまく発音できるから」と、モンドリアンは書き残しています。名前まで大都市の暮《く》らしにあわせたのです。

第二次世界大戦中、モンドリアンはヨーロッパを離《はな》れ、ニューヨークへ向かいました。ヨーロッパでは、戦争やナチスによる占領のせいで、安全を感じられなくなっていたからでした。アメリカでまったくの新生活を始めたとき、すでに七十歳《さい》近くになっていました。しかし新しいもの好き、とりわけ仕事で新しいことを試すのが大好きな彼《かれ》は、なんの苦労も感じませんでした。

モンドリアンはニューヨークで、元気を回復《かいふく》しました。かつてないほど、未来に近づいたように感じたのです。新しいエネルギーをたっぷりもらったおかげで、以前に手がけたどんな絵とも違《ちが》う、最高に美しい絵を描《か》きはじめました。ひとりアトリエにこもって作業する時間を、いちばん大事にしていましたが、ときには新しくできた友だちの案内で、音楽カフェへ向かうこともありました。そこで、はやっていたブギウギ音楽にあわせて踊《おど》りました。モンドリアンは、ブギウギのリズムを自分の作品の中にも持ちこもうとし、「私の絵には、もっとブギウギがないといけない」と、語っているほどです。

アメリカでは作品がよく売れたので、モンドリアンは、セントラルパーク近くの東五十九番街に引《ひ》っ越《こ》しました。そして、これまでのどのアトリエよりも、その新しいアトリエが気に入りました。モンドリアンは引《ひ》っ越《こ》しするたびに壁《かべ》を白く塗《ぬ》り、そのつど赤、黄、青を塗《ぬ》った厚紙《あつがみ》の切《き》れ端《はし》を壁《かべ》に貼《は》りつけました。厚紙《あつがみ》は、位置をすぐに変えられるよう、ピンやくぎを使って留《と》めました。モンドリアンは、最高のバランスを探《さが》し続《つづ》けていたからです。大部分の家具は自分で作り、台所のテーブルも、オレンジの木箱で作った戸棚《とだな》も手作りでした。家具代が払《はら》えないからではなく、そのほうが自分の住まいにふさわしいと思っていたからでした。

ヴィクトリー・ブギウギ

そのアトリエで、モンドリアンはひとつの作品に打ちこんでいました。一年以上もかかりきりで、早く仕上げたいと思っていました。もう一枚《まい》、別の新しい絵の構想《こうそう》が頭にあったからです。「これよりもっと大きくて、もっとずっといい絵」になるはずだと、訪《おとず》れた客たちに語っていました。でもまずは、目の前の「ヴィクトリー・ブギウギ」を完成させなくては。毎日毎日、モンドリアンはその絵に手を入れ、流行中のブギウギを蓄音機《ちくおんき》でかけながら、真夜中まで作業することもありました。

モンドリアンはアメリカで、音楽のほかにも新しいものを見つけました。色つき接着《せっちゃく》テープです。そのテープを使えば、以前より簡単《かんたん》にさまざまなアイデアを試すことができました。モンドリアンはバランスを見るために、色つきテープを、絵にぺたぺたと貼《は》りつけました。すべて思いどおりになったら、色つきテープを絵の具に置《お》き換《か》えればよいだけなのです。でも問題なのは――いったん絵の具を塗《ぬ》ってしまったら、もうそれ以上は試せなくなること。制作中《せいさくちゅう》の絵には、別の新しいテープがつぎつぎ貼《は》り重《かさ》ねられました。壁《かべ》に貼《は》った色のかけらを、ひっきりなしに変えるのと同じで、モンドリアンは絵の中でも探求《たんきゅう》を続けていました。願いはただひとつ、できるかぎり美しい絵を創《つく》りあげることでした。

モンドリアンは肺炎《はいえん》になったあとも、高熱をおしてパジャマ姿《すがた》で作業を続け、ついに病院に運ばれました。そして一九四四年二月一日、入院先の病院で生涯《しょうがい》を閉《と》じました。アトリエには、テープをいっぱい貼《は》りつけた「ヴィクトリー・ブギウギ」が、残されていました。中には、数日前に貼《は》りつけたばかりのテープもありました。

すべては動いている

未完成であるにもかかわらず、これほど有名になった絵は、美術館《びじゅつかん》にもめったにありません。「ヴィクトリー・ブギウギ」によって、モンドリアンは人びとに未来を——彼《かれ》自身が思《おも》い描《えが》いた未来を見せようとしました。貼《は》られたテープを見れば、未来への強い憧《あこが》れと、待ちきれない気持ちがよくわかります。

完成していないこの絵の中で時間は止まり、過去《かこ》と未来を同時にながめているような感じがします。モンドリアンの未来は、私たちの過去《かこ》になってしまいました。それでも……「ヴィクトリー・ブギウギ」は動いているように見えます。そしてこれほど長いときが過《す》ぎたあとも、あふれる生命力が見る者を感動させるのです。

想像力《そうぞうりょく》

もし完成していたなら、「ヴィクトリー・ブギウギ」はどんな絵になっていたでしょう？　色つきテープの代わりに、絵の具がきっちり塗《ぬ》ってあったら？　もっとも、モンドリアンは最初から全部やりなおしていたかもしれませんが……。

そして、モンドリアンの頭の中にあった「別の新しい絵」とは、いったいどんな絵だったのでしょう？ それはもちろん、見たことのないような絵だったはずです。自分で作った規則《きそく》を無視《むし》していた可能《かのう》性《せい》も大いにあります。色のかけらは、たぶん、そこでもまた役に立っていたことでしょう。とはいえ、その絵がどんなふうかは、みなさんが想像《そうぞう》するほかありません。

スーパーマン、スーパーヒーローとアニメーション映画《えいが》について

物語の中で、アプケとライナスをつなぐ手描《てが》きのスーパーヒーローは、「スーパーマン」をモデルにしています。スーパーマンが、アメリカ漫画《まんが》に初めて登場したのは一九三八年のことでした。スーパーマンを創《つく》りだしたのは、ジェリー・シーゲルとジョー・シャスターで、ふたりは学校時代からの友だちでした。スーパーマンの衣装《いしょう》に、ふたりは赤、黄、青の三原色を選びました。「思いついたなかで、いちばん鮮《あざ》やかな色だったから」だといいます。

第二次大戦中、スーパーマンの漫画《まんが》は、前線にいる兵士たちに配られました。ストーリーはたいてい、スーパーマンがどうやって敵《てき》を打ち負かす手助けをしたか、というものでした。このヒーローがまたたくまに人気を集めたので、関連のラジオ番組が始まり、まもなくアニメーション映画《えいが》も作られました。ほかの漫画《まんが》のヒーロー、キャプテン・アメリカやワンダー・ウーマンも当時、大変愛されて

いました。人びとは、「善《よ》い側《がわ》」に立って悪を打ち負かすヒーローの話を大喜びで読んでいたのです。

モンドリアンは、スーパーマンを本当に知っていたでしょうか？　当時のアニメーション映画《えいが》のうち、少なくともウォルト・ディズニーの『白雪姫《しらゆきひめ》』は見ていました。この映画《えいが》を素晴《すば》らしいと思ったようで、その証拠《しょうこ》に、弟カレル宛《あ》ての手紙の中で、自分をこびとになぞらえて「ネボスケ」と呼《よ》び、弟のことを「クシャミ」と呼《よ》んでいます。アニメーション映画《えいが》は当時、非常《ひじょう》にめずらしいものだったので、モンドリアンも好奇心《こうきしん》をそそられて見にいったことがわかっています。

もしモンドリアンがスーパーマンを知っていたなら、スーパーマンがニューヨークを思わせる大都市、メトロポリスに住んでいることに大満足していたでしょう。そしてもちろん、赤・青・黄の三原色による衣装《いしょう》も、気に入っていたでしょう。

物語の背景《はいけい》をもっと知りたい人たちに

ライナスが「ヴィクトリー・ブギウギ」を見たのは、ニューヨーク近代美術館《きんだいびじゅつかん》（ＭＯＭＡ）です。そこで一九四五年三月、モンドリアンの大回顧展《だいかいこてん》が開かれました。ニューヨーク近代美術館《きんだいびじゅつかん》では今も多くのモンドリアン作品を見ることができますが、「ヴィクトリー・ブギウギ」は、現在《げんざい》ハーグ市《し》立美術館《りつびじゅつかん》に常設展示《じょうせつてんじ》されています。そこに行けば、この絵を毎日見ることができるうえ、色つきテープも近くから眺《なが》められます。

この本のなかの「ハリー」は実在《じつざい》の人物です。ハリー・ホルツマンという若《わか》いアメリカ人画家で、ピート・モンドリアンが一九四〇年にアメリカに来られるよう面倒《めんどう》をみた人物だと、わかっています。ピート・フンデルドス監督《かんとく》による映画《えいが》「ニューヨークのモンドリアン」には、東五十九番街にあるモンドリアンのアトリエが出てきて、そのアトリエの壁《かべ》には、色のついた四角がたくさん貼《は》ってあります。この映画《えいが》の中でハリー・ホルツマンはモンドリアンの思い出を語り、モンドリアンが好きだったブギウギを聞かせてくれます。

もうひとつ、二十世紀に起きた出来事を振《ふ》り返《かえ》るオランダの番組「別の時代に」で放映《ほうえい》された映像《えいぞう》もご紹介《しょうかい》しましょう。次のサイトから「ヴィクトリー・ブギウギ」を間近から見られ、またこれはモンドリアン本人が登場する映像《えいぞう》としても貴重《きちょう》です。

http://www.npo.nl/andere-tijden/04-09-2008/NPS_1113461

http://www.npo.nl/mondriaan/15-07-2014/WO_NTR_663199 という別のサイトでは、「ヴィクトリー・ブギウギ」がどのように生まれてきたかを見られますし、色のかけらを近くから眺《なが》めることもできます。（どちらもオランダ語のウェブサイトです）

謝辞《しゃじ》

最後にこの場を借りて、力を貸してくれた方たちに感謝《かんしゃ》の言葉を贈《おく》ります。

モンドリアンの話をたくさん聞かせてくれたハーグ市立美術館《しりつびじゅつかん》のハンス・ヤンセンとイェット・ファン・オーファーエームに。

情熱《じょうねつ》をこめて私《わたし》を励《はげ》ましてくれたウィレム・カンプスクレール、ヤネット・ムアダイク、アンドレア・プリンス、そしてリスベット・テン・ハウテンに。

アメリカの牛乳箱《ぎゅうにゅうばこ》の仕組みを教えてくれ、そのうえメルヴィン・ベドリック氏を紹介《しょうかい》してくれたクローディア・ゾーエ・ベドリックに。

一九四三年に、ライナスとほぼ同じ年だったメルヴィン・ベドリック氏に。当時のニューヨークの日常生活《にちじょうせいかつ》について、私《わたし》のさまざまな質問《しつもん》に答えてくださったこと、本当にありがたく思っています。

最後に、台所で話し相手になってくれた夫のワウター・ヴァン・レークに。私《わたし》が『ミスターオレンジ』を執筆中《しっぴつちゅう》だったとき、あなたも絵本『ケープドリとモンドリアンドリ』を創《つく》っていたわね。それぞれがモンドリアンをテーマにした作品に取り組んでいたときに、いろんなおしゃべりさせてもらえて、今ではそれがとても大切な思い出になっています。

《編集部《へんしゅうぶ》より》

画家モンドリアンについてもっと知りたい人には、大人向けの本もふくめて、こんな本をおすすめします。

本江邦夫《もとえくにお》『中・高校生のための現代美術入門《げんだいびじゅつにゅうもん》』平凡社《へいぼんしゃ》、二〇〇三年

赤根和生『ピート・モンドリアン』美術出版社《びじゅつしゅっぱんしゃ》、一九八四年

モンドリアン『モンドリアン』（世界の巨匠《きょしょう》シリーズ）美術出版社《びじゅつしゅっぱんしゃ》、一九七四年

モンドリアン『美の20世紀　8　モンドリアン』二玄社《にげんしゃ》、二〇〇七年

井上靖《いのうえやすし》、高階秀爾《たかしなしゅうじ》編集《へんしゅう》『世界の名画24　モンドリアンと抽象絵画《ちゅうしょうかいが》』中央公論社《ちゅうおうこうろんしゃ》、一九九五年

著者　トゥルース・マティ

長年、編集者を務めていたマティは、2007年に『出発時間』（未邦訳）で児童文学作家としてデビュー。同作品で、オランダのフラッハ・エン・ウィンペル賞と、ミルドレッド・L・バチェルダー賞を受賞。バチェルダー賞は、毎年、全米図書館協会が優れた翻訳児童文学に贈る賞で、日本の作家では湯本香樹実や上橋菜穂子らが受賞している。マティは2作目の『ミスターオレンジ』で、2014年にふたたびバチェルダー賞にかがやき、今後の活躍がさらに期待される。本書はアメリカ、日本をはじめ世界7か国で翻訳出版されているという。

訳者　野坂悦子（のざか えつこ）

1985年より5年間、ヨーロッパに住んだ経験を活かして、オランダやベルギーの優れた絵本や物語を紹介している。『100時間の夜』（フレーベル館）、『おしえて、レンブラントさん』（BL出版）、『ちいさなかいじゅうモッタ』（福音館書店）、『ケープドリとモンドリアンドリ』『ボッケ』『ちいさなへいたい』（以上、朔北社）など訳書は多数。創作絵本に『カワと7にんのむすこたち　クルドのおはなし』（福音館書店）、『ようこそロイドホテルへ』（玉川大学出版部）などがある。「紙芝居文化の会」海外統括委員としての活動もつづけている。

絵　平澤朋子（ひらさわ ともこ）

2005年武蔵野美術大学視覚伝達デザイン学科卒業。装画と挿絵を手がけた本に、『親子あそびのえほん』（あすなろ書房）、『ニルスが出会った物語』シリーズ（福音館書店）、『ハヤト、ずっといっしょだよ』（アリス館）、『わたしのしゅうぜん横町』（ゴブリン書房）、『巨人の花よめ』（ＢＬ出版）など多数。

ミスターオレンジ

2016年9月30日　第1刷発行
2018年5月31日　第3刷発行

著者　トゥルース・マティ
訳者　野坂悦子　translation©2016 Etsuko Nozaka
絵　　平澤朋子
装丁　オーノリュウスケ
発行人　宮本　功
発行所　株式会社　朔北社
〒191-0041　東京都日野市南平5-28-1-1F
tel.042-506-5350　fax.042-506-6851
http://www.sakuhokusha.co.jp
振替00140-4-567316

印刷・製本　吉原印刷株式会社
落丁・乱丁本はお取りかえします。
Printed in Japan　ISBN978-4-86085-124-8 C8097